그리고 한 문장이 남았다

시대를 이끈
한 구절의 지성

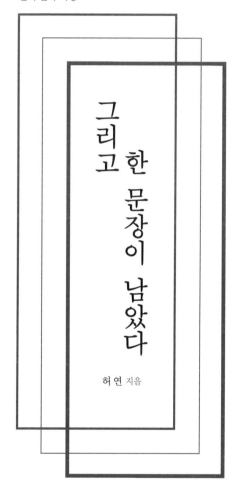

그리고 한 문장이 남았다

허 연 지음

생각정거장

미국의 소설가 레이 브래드버리가 쓴 《화씨 451》이라는 소설
이 떠오른다. 프랑수아 트뤼포 감독이 영화로도 만든 이 소설의
제목 '화씨 451'은 무엇을 의미할까?

화씨 451도는 섭씨로 계산하면 232.7도쯤 되는 온도다. 종이
에 불이 붙는 온도다. 이제 실마리가 잡힌다. 이 소설은 책이 불
타버린 세상, 즉 디스토피아를 그린다. 소설에서 묘사하는 미래
세계는 책을 읽거나 소지하면 범죄로 처벌받는 그런 세상이다.
주인공의 직업은 방화수放火手다. 책이 발견되는 즉시 압수해 불
태우는 것이 그의 임무다.

레이 브레드버리는 책이 죄악시되는 상징적인 상황을 설정해
놓고 지성이 죽은 세상, 즉 디스토피아에서 벌어지는 사건들을
이야기한다. 하지만 그런 세상에도 책을 버리지 못하는 사람들
이 있다. 책을 금지한 정부의 조치를 따르지 않는 일종의 저항
세력이다. 책을 인쇄하거나 소장하고 유포하면 박해를 받는 세상
을 견디기 위해 이들은 극단적인 방법으로 지성을 지켜나간다.

그들이 택한 방식은 '암기'다. 이들은 책을 머릿속에 저장하고, '글'이 아닌 '말'로 후세에 책의 내용을 전수한다. 인간의 뇌가 도서관이나 서점의 역할을 대신하는 것이다.

레이 브래드버리가 그려낸 등장인물들은 '기억'이라는 도서관을 활용해 지성을 말살하려는 전체주의에 대항한다. 그들이 있기에 인류는 실낱같은 희망을 이어간다.

소설 중에 이런 장면이 나온다. 한 등장인물이 이렇게 말한다.

"혹시 플라톤의 《국가》를 읽고 싶지 않소? 바로 내가 플라톤의 《국가》라오. 아니면 마르쿠스 아우렐리우스를 읽고 싶소. 그렇다면 시몬스를 찾아가시오. 그가 마르쿠스 아우렐리우스요."

참 재미있는 설정이다. 플라톤을 읽은 사람은 곧 플라톤의 분신이고, 아우렐리우스를 읽은 사람은 곧 아우렐리우스의 분신이다. 사실 이 소설적 과장은 매우 근거가 있는 이야기다. 어떤 책을 읽고 그것에 공감하고, 그것을 기억한다는 것은 이미 그 책의 분신이 된다는 것을 의미한다. 나와 접신한 책은 곧 나의 분신이 된다.

일찍이 윌리엄 서머셋 모옴도 말했다. "책에서 발견한 의미있는 한 대목, 그 한 대목만으로도 책은 나의 분신이 된다"고.

그렇다. 책은 나에게로 와서 내 자신과 합체한다. 나와 합체

됐다는 건 건 나를 형성했다는 뜻이기도 하고, 나를 보호하고 있다는 뜻이기도 하고, 또한 나로 하여금 어떤 행동을 하게 했다는 뜻이기도 하다. 책을 읽는다는 것은 확장된 나를 만드는 것이다. 또한 책을 읽는 것은 새로운 힘과 기술, 무기를 얻는 일이다. 그리고 어떤 언행의 기준과 동기를 제공받는 일이기도 하다. 그 기준과 동기가 모여 인류의 진보를 이끌었다.

생각해보자. 지금 우리가 누리고 있는 이 모든 인간 중심의 업적들은 결국 책이 만들어낸 것이다. 노예제가 사라지고, 여성에게 참정권이 주어지고, 많은 질병에 대한 치료의 길이 열리게 한 원동력은 결국 책이다. 더 정확히 말하면 책을 읽으면서 대중들의 자아와 시선이 달라졌고, 그 달라진 자아들이 모여 세상을 바꾼 것이다.

노예제나 여성차별 같은 말도 안 되는 만행이 자행되던 시대의 가장 큰 특징은 '문맹'이다. 소수의 몇 사람에게만 책이 주어졌던 시대, 그 시대가 곧 야만을 가능하게 한 것이다. 책이 창문을 열어 주기 전까지 인간은 인간답게 산 적이 없었다. 마녀사냥이 자행되던 중세 때는 유럽 인구의 90%가 문맹이었다. 하지만 대부분의 사람이 문맹을 벗어나 책을 읽게 되면서 야만은 줄어들기 시작했다. 그렇다. 인류가 읽고 쓸 줄 알게 되면서 세상이 바뀐 것이다.

마녀사냥에 반대하는 사람들이 마녀사냥을 자행하는 사람들과의 대결에서 승리를 거두었기 때문에 마녀사냥이 사라진 건 아니다. 과학적이고 합리적인 지식에 눈뜬 사람들이 마녀사냥이 옳지 않다는 걸 밝혀냈기 때문에 마녀사냥이 사라진 것이다.

앞으로도 세상은 더 나아져야 한다. 인식의 힘이 그것을 가능하게 할 것이다. 책의 한 문장을 가슴으로 외우는 누군가가 있는 한, 인류는 악惡과의 싸움을 포기하지 않을 것이다.

이 책에 실린 글은 세상에 파문을 던진 책과 저자들의 이야기다. 그들이 남긴 파문으로 인해 세상은 조금씩 변해갔다. 그들에게 감사하는 마음으로 이 책을 썼다.

이 책은 매일경제신문에 연재 중인 칼럼 〈허연의 책과 지성〉을 모아서 만든 두 번째 책이다. 연재하는 글에 관심을 준 독자분들께 고맙다는 말을 전하고 싶다. 내 가장 큰 힘은 독자에게서 나온다. 내 글을 읽고 고개를 끄덕여주는 독자들이 있기에 나는 존재한다. 독자들이 있기에 나는 지금 이 순간도 긴장한다. 그리고 행복하다.

봄날, 충무로에서 허연

■ 차례

3부 저항의 미학에 대하여

4부 유한한 시대와 무한한 나

5부 달리 앞서 간다는 것

6부 새로운 지성을 위하여

1
고독이라는
내면

당신이 인생에 대해 어떻게 말했는
지 기억하나요? 인생은 미지의 것에
대한 도전이고, 보이지는 않지만 분
명히 존재하는 어떤 성을 차지하기
위해 힘겹게 언덕을 오르는 것이라
고 했잖아요.

남보다 뛰어나다고 해서
고귀한 자가 되는 것은
아니다. 과거의 자신보다
우수한 자가 결국에는
고귀한 사람이
되는 것이다.

헤밍웨이
1899~1961

상반된 이미지 사이를
줄타기한 대문호

"가슴에 털이 난 계집아이."

스콧 피츠제럴드의 아내 젤다는 헤밍웨이를 이렇게 놀리곤 했다. 헤밍웨이는 동시대 작가이자 절친이었던 피츠제럴드 부부와 자주 어울렸다. 젤다는 누구보다도 헤밍웨이의 내면을 잘 아는 사람이었다. 그렇다 하더라도 독자들은 젤다의 평가를 받아들이기 힘들다. 우리가 알고 있는 헤밍웨이는 마초의 대명사 아니었던가. 덥수룩한 수염에 건장한 체격, 사냥과 투우를 좋아한 권투선수, 세계대전과 스페인 내전에 참전했던 군인, 미국과 쿠바의 단교에도 불구하고 카스트로와 우정을 지킨 의리남. 이런 상남자를 계집아이라고 부르다니.

하지만 헤밍웨이의 삶을 자세히 들여다보면 젤다의 평가가 일면 수긍이 간다. 사실 헤밍웨이는 소심하고 겁이 많았던 우울증 환자였다. 그의 과장된 남성성은 이런 것들을 감추기 위한 수단이었다. 그의 전쟁 참전 경력도 왜곡된 바가 있다. 헤밍웨이는 시력이 워낙 안 좋았기 때문에 군인이 될 수 없었다. 그는 군인이 아닌 적십자 요원으로 전쟁에 갔을 뿐 전투 요원은 아니었다. 전쟁 때 입은 부상도 전투에서 다친 것이 아니라 물품 배달을 하다가 폭격 피해를 입었다는 게 정설이다. 사람들은 자기가 원하는 정보만을 강화하고 나머지는 지워버리는 본성을 발휘해 그의 모든 이력을 '상남자'로 디자인했다.

헤밍웨이는 감수성의 산물이라는 시를 쓴 시인이기도 했다. 〈돌격대〉라는 그의 시를 보자.

사내들은 기꺼이 죽어갔지만
그들은 오랫동안
전선을 향해 행군한
사내들은 아니었다
이들은 몇 번 차를 갈아타고
음란한 노래를 유산으로 남긴 채 떠나갔다

그는 시에서 대열을 맞춰 행군하는 로봇을 연상시키는 군인들의 이미지가 허상이라고 말한다. 결국 그 군인들도 음란한 농담으로 여성에 대한 그리움을 지껄이는 그저 그런 남자들이었을 뿐 돌격대라 해서 다르지 않았음을 말하고 싶어 한다.

그는 소설과 자신을 동일시하는 사람들에게 이런 말을 했다.

"나는 《무기여 잘 있거라》의 모든 사건을… 아마 서너 개를 빼고는 단어조차도 모두 만들어낸 셈이야. 제일 좋은 부분들은 물론 다 창작이지. 《태양은 다시 떠오른다》도 물론 95퍼센트 나의 상상이고."

헤밍웨이를 비난하는 사람들은 그의 작품이 지닌 편차를 지적한다. 헤밍웨이는 세상이 깜짝 놀랄 만한 작품을 써내는가 하면, 때로는 "헤밍웨이가 쓴 거 맞아" 소리를 들을 만한 태작들을 양산하기도 했다.

하지만 수많은 구설과 비방에도 불구하고 헤밍웨이는 가장 오래 기억되는 문호가 됐다. 어떻게 그럴 수 있었을까. 아마도 그가 죽는 순간까지 쓰기를 멈추지 않았기 때문이었을 것이다. 그는 늘 타자기 앞에 앉았고, 자신을 넘어서는 글을 쓰고 싶어 했다.

이 말 한마디가 그의 삶을 성냥화한다면 과장일까.

"남보다 뛰어나다고 해서 고귀한 자가 되는 것은 아니다. 과거의 자신보다 우수한 자가 고귀한 사람이 되는 것이다."

아이들이 절벽으로
떨어지려고 하면 재빨리
붙잡아 주는 거야.
온종일 그 일만 하는 거지.
바보 같은 얘기라는 걸
나도 알아. 하지만 하고 싶은
일은 그것밖에 없어.

제롬 데이비드 샐린저
1919~2010

은둔 속에 살다간
호밀밭의 파수꾼

"아니 그 사람이 지금까지 살아 있었어?"

《호밀밭의 파수꾼》을 쓴 제롬 데이비드 샐린저가 사망했다는 소식이 전해지자 사람들이 보인 반응이다. 샐린저는 1965년 이후 공식 석상에 얼굴을 내민 적이 없었다. 그는 세상과 담을 쌓은 채 자신만의 세계 속에 머물다가 떠났다. 샐린저는 은둔 기간에 가족 이외의 누구와도 교류하지 않았고, 단 한 편의 작품도 발표하지 않았다.

지금도 미국 도서관에서 가장 많이 대출되는 책 《호밀밭의 파수꾼》을 쓴 샐린저의 결벽증은 유별났다. 1951년 《호밀밭의 파수꾼》이 처음 나왔을 때 그는 자기 사진이 뒤표지에 들어 있는 걸 보고 경악했다고 한다. 결국 출판사가 사과를 하고 재쇄 과정에서 사진은 빠졌다. 샐린저는 자기 작품이 다른 논문이나 책에 거론되는 것도 싫어했다. 영국의 전기 작가 이언 해밀턴이 샐린저의 전기를 쓰기 위해 편지를 보냈을 때 그는 허락을 하기

는커녕 전기가 출간되지 못하도록 미 연방법원에 금지 신청을 냈다. 결국 전기는 출간되지 못했다. 유명한 영화감독인 엘리아 카잔이 영화로 만들고 싶다고 찾아갔을 때도 그는 "홀든(소설의 주인공)이 싫어할 것 같다"며 단호하게 거절했다.

1919년 뉴욕에서 유대교도 아버지와 기독교인 어머니 사이에서 태어난 그는 1932년 성적 불량으로 중학교에서 퇴학당한다. 다시 밸리 포즈 육군학교에 입학하면서 학업을 재개한 그는 프린스턴대학, 컬럼비아대학 등에 적을 두었으나 모두 중퇴한다.

샐린저는 1942년부터 창작에 전념하기 시작해 〈바나나 피시를 위한 완벽한 날〉을 〈뉴요커〉에 발표하면서 평단의 주목을 받기 시작한다. 1951년 출간된 《호밀밭의 파수꾼》은 그에게 엄청난 명성을 안겨 준다. 하지만 이 사건이 오히려 샐린저를 은둔의 감옥에 가두는 계기가 된다. 샐린저는 유명인이 아닌 조용한 파수꾼으로 살고 싶어 했다. 책에서 가장 유명한 구절을 떠올려보자.

"어른이라고는 나밖에 없어. 나는 아득한 절벽에 서 있는 거야. 그곳에서 내가 할 일은 아이들이 절벽으로 떨어질 것 같으면 재빨리 붙잡아 주는 거야. …중략… 온종일 그 일만 하는 거야. 말하자면 호밀밭의 파수꾼이 되고 싶은 거지. 바보 같은 애기라는 걸 나도 알아. 하지만 정말 내가 되고 싶은 건 그것밖에 없어."

이 문장은 샐린저가 어떤 사람이었는지, 그가 어떤 삶을 살고 싶어 했는지를 정확하게 설명해준다. 그는 하루 종일 아이들이 절벽으로 떨어지지 않도록 붙잡아주는 일을 하는 '바보'로 살고 싶었던 것이다. 16세 주인공 홀든이 학교에서 퇴학당한 후 방황하는 이야기를 담은 소설 《호밀밭의 파수꾼》에서 홀든은 샐린저 자신이다. 예민하고 기이한 인물이었던 샐린저는 소설을 통해 세속적이고 위선적인 물질문명을 비판했다. 그는 미국 소설 사상 처음으로 'fuck you'라는 표현을 쓴다.

그는 이런 식으로 기성세대의 터부에 도전했다. 1950년대를 풍미한 샐린저 식 반항은 이후 모든 청년문화의 전범이 됐다. 그가 없었다면 제임스 딘의 '이유 없는 반항'이 있을 수 있었을까. 사람들은 아직도 그가 남긴 수수께끼를 다 풀지 못했다. 연못에 물이 얼면 오리들이 어떻게 되는지가 걱정돼서 잠을 자지 못했던 기인을 보통 사람들이 어찌 이해할 수 있었겠는가.

아웃사이더는 사물을 꿰뚫어 볼 수 있는
유일한 사람이다. 어떤 알 수 없는 정열이
그들을 고독한 사막으로 데려간다.

콜린 윌슨
1931~2013

'아웃사이더' 개념 설계한
영국 문단의 이단아

도랑을 파는 뜨내기 인부를 하다가 글 쓰는 인생을 살겠다고 결심한 스물네 살 영국 청년이 있었다. 열여섯 살 때 중학교를 때려친 것이 최종 학력인 그는 햄프스테드 공원에서 침낭 하나에 의존해 노숙하며 매일 아침 독서실에 가서 책을 읽고 자료를 찾았다. 이 청년은 조지 버나드 쇼와 마르크스가 집필했던 바로 그 공간에서 세상을 깜짝 놀라게 할 책을 쓴다. 청년의 이름은 콜린 윌슨이고, 청년이 쓴 책은 《아웃사이더》다.

레스터 지방의 가난한 노동자 집안에서 태어난 윌슨은 어린 시절부터 생계를 위한 노동에 시달려야 했다. 하지만 그의 머릿속에는 거대한 지적 세계가 자리 잡고 있었다. 윌슨은 허드렛일을 하면서도 자연과학, 문학, 심리학, 철학 관련 책을 탐독하며 자기만의 도서관을 세우고 있었다.

그는 매우 실존적인 것에 대해 궁리했다. 세상을 이끌어가는 것은 무엇인지, 진리는 어디에 있는지, 세상을 바꾸는 것은 어떤 존재인지… 뭐 이런 것들이었다. 그는 고민 끝에 '아웃사이더'라는 개념을 설계한다. 이 단어 하나로 그는 영미권 1위 베스트셀러 저자가 됐고, 비트 세대를 대표하는 지식 영웅이 됐다. 1956년 윌슨이 새롭게 개념을 설계하기 전 아웃사이더라는 말은 그저 인기 없는 경주마나 문외한을 뜻하는 말이었다. 하지만 윌슨 이후 이 단어는 어마어마한 조명을 받게 된다. 개성과 자유, 도전과 일탈, 젊음과 예술, 혁명과 방랑을 의미하는 뉘앙스를 한 몸에 거느린 단어가 된 것이다.

윌슨의 책 《아웃사이더》는 일종의 문학 비평서다. 윌슨은 니체, 톨스토이, 도스토옙스키, 헤세, 고흐, 카프카, 카뮈에게서 아웃사이더라는 개념을 추출한다. 고전주의·실존주의·낭만주의로 작품을 분류하지 않고 아웃사이더라는 개념으로 작품을 재해석한 것이다.

"아웃사이더는 인간이 붐비는 곳에서 태어났지만 어떤 알 수 없는 정열이 그들을 사막 속으로 몰고 갔다."

"아웃사이더는 사물을 꿰뚫어 볼 수 있는 유일한 사람이다. 모두 병들어 있다는 것을 모른 채 흘러가는 문명사회에서 자기가 병자라는 것을 알고 있는 유일한 인간이 아웃사이더다."

아웃사이더 개념을 정확히 이해하려면 윌슨의 소설 《정신기생체*The Mind Parasites*》를 함께 읽으면 좋다. 내용은 이렇다.

인간 마음속에 기생하면서 정신을 갉아먹는 정신기생체가 있다. 기생체는 인간 세상을 자기 뜻대로 이끌어가기 위해 조종하고 인간 대부분은 이에 순응하면서 살아간다. 그러다 가끔 공식에서 벗어나 깨달음을 얻는 아웃사이더들이 나온다. 기생체는 이들을 가차 없이 파괴한다. 세상을 바꾼 천재들이 많이 요절하는 이유는 이 때문이다. 그리고 기생체는 악역을 맡아 줄 좀비들을 끊임없이 양성한다. 대표적인 좀비가 히틀러 같은 인물이다. 그래도 아웃사이더는 계속 나오고 그들로 인해 인간 세상은 멸망하지 않는다. 윌슨은 아웃사이더를 '변종이 아니라 민감한 인간'이라고 표현한다. 또 '깨어나서 혼돈을 본 고독한 인간'이라고 표현한다.

《아웃사이더》를 잡식성 천재가 쓴 치기 어린 책이라고 평가 절하하는 사람도 있다.

그러나 윌슨의 독특한 설계도가 없었다면 지금 우리는 여전히 세상의 어떤 부분을 설명하지 못하고 있을지도 모른다.

운명은 미처 깨닫지
못하는 사이에 손을 써서
우리가 진정으로 원하는
것과 멀리 떨어진 일들을
하게 만들지.

유진 오닐
1888~1953

⟨밤으로의 긴 여로⟩ 쓴
희곡의 아버지

사람들이 상처를 대하는 방식은 크게 두 가지다. 하나는 상처를 묻어 버리는 것이다. 기억 어딘가에 상처를 파묻어 버리고 다시는 꺼내 보지 않는 방식이다. 또 하나의 방식은 상처를 맞대면하는 것이다. 패배하든 극복하든 결판을 내는 것이다.

미국의 극작가 유진 오닐은 처음엔 상처를 묻어 두었다가 나중에서야 그 상처를 꺼내 맞대면했다. 오닐은 활발하게 활동하던 젊은 시절 자신의 가족사를 작품에 반영하지 않았다. 그래서일까. 그가 젊은 시절 쓴 희곡의 상당수는 바다가 무대다. 자신의 아픈 경험을 작품에 옮기지 않고, 바다라는 현실과 동떨어진 세계를 그린 것이다.

오닐이 자신의 상처와 본격적인 맞대면을 시도한 것은 말년에 이르러서였다. 그는 죽기 직전 슬픈 가족사를 그대로 드러낸 ⟨밤으로의 긴 여로⟩를 쓰기 시작한다. 오닐은 "오랫동안 묵은 내 피와 눈물로 이 작품을 썼다"고 고백했다. 작품을 완성하고 나서도 "내가 죽은 후 25년이 되기 전에는 책으로 펴내거나 무대에 올리지 말아 달라"고 부인에게 당부한다. 그만큼 상처와의 맞대면이 쉽지 않았던 것이다. 오닐의 부탁과 달리 부인은 그가 죽은 지 2년 만에 작품을 공개했고, 오닐의 가족사는 〈밤으로의 긴 여로〉라는 희대의 명작에 실려 온 세상에 공개됐다.

작품은 어느 여름날 하루 동안 벌어진 가족들의 이야기다. 집안을 돌보지 않는 늙은 연극배우 아버지 타이론, 질병에서 벗어나기 위한 값싼 방편으로 마약에 손을 댔다가 중독자가 되어 버린 어머니 메리, 어머니의 비극을 보고 자라며 알코올 중독자가 되어 버린 큰 아들 제이미, 집을 떠나 방탕한 생활을 하다 폐결핵에 걸린 에드먼드가 주인공이다. 한자리에 모인 이들은 서로를 탓하며 분노하고, 다시 허탈해지기를 하룻밤 동안 몇 차례 반복한다. 가장 밀접했기 때문에 가장 저주스러운 가족들, 그들은 원망에 지쳐 빨리 밤이 오기를 기다린다. 그래서 제목이 '밤으로의 긴 여로'가 아닐까. 그 피폐한 가족들의 모습을 통해 오닐은 끊임없이 묻는다. 산다는 것은 과연 무엇인가.

오닐의 가족사는 등장인물 이름만 바꿨을 뿐 작품과 똑같다. 오닐의 아버지 제임스 오닐은 유랑극단 배우이자 구두쇠였다. 그는 치료비를 아끼려고 출산 후유증에 시달리던 부인을 싸

구려 의사에게 보내고 그때 모르핀 주사를 맞은 그녀는 평생 마약 중독자가 된다. 오닐의 큰형은 술과 향락에 빠져 살다가 이른 나이에 죽었고, 둘째 형은 두 살 때 홍역으로 죽고, 막내인 자신은 떠돌이 작가로 살다 결핵에 걸려 요양원 신세를 지기도 했다. 노벨문학상까지 받은 작가였지만 가족사의 비극은 언제나 그를 따라다녔다. 그는 운명의 무거움에 평생을 허덕였다.

"운명은 우리가 미처 깨닫지 못하는 사이에 손을 써서 우리가 진정으로 원하는 것과 멀리 떨어진 일들을 하게 만들지. 우리는 운명을 거역할 수 없기 때문에 자신을 잃고 마는 거야."

〈밤으로의 긴 여로〉에 나오는 어머니 메리의 대사다. 지나친 운명론자였지만 오닐은 나중에서야 그렇게 살았던 생을 후회했다. 그는 자신이 운명에 적극적으로 대처하지 않았던 것을 한탄했다.

작품에 등장하는 대사는 아니지만 오닐은 이런 의미 있는 말을 남겼다. "행복은 수줍은 사람을 싫어한다." 행복하기를 주저하는 사람. 행복 앞에 나서기를 부끄러워하는 사람은 행복할 자격이 없다는 뜻으로 읽힌다. 다른 사람이 아닌 오닐이 한 말이라 더 의미 있게 다가온다.

저승에 호소하여
내세에는 그대와 나 자리 바꿀까
대신 내가 죽고 그대가 천 리 밖에 산다면
이 마음 이 슬픔을 그대가 알 터인데

추사 김정희
1786~1856

정치적 불운 속에서
추사체 완성한 금석학 대가

추사 김정희가 일곱 살 때 일이다. 어려서부터 글씨와 문장이 뛰어났던 소년 김정희는 한양 통의동 집 대문에 '입춘첩立春帖'을 써 붙인다. 같은 날 우연히 이곳을 지나던 영의정 번암 채제공이 이것을 보고 김정희의 부친을 찾는다.

"이 아이는 반드시 명필로 이름을 떨칠 것이네. 그러나 그 길을 가면 운명이 기구해질 것이니 절대 붓을 잡지 못하게 하게."

채제공의 예언은 들어맞았다. 추사 김정희 생애는 불운의 연속이었다. 그는 이름은 얻었지만 행복을 얻지는 못했다. 추사 김정희는 병조판서 김노경의 자제로 1786년(정조 10년) 태어난다. 운명은 태생부터 순탄치 않았다. 모친 기계 유씨는 한양에 창궐한 천연두를 피해 충남 예산으로 피신해 몸을 풀었다. 이렇게 태어난 김정희는 곧바로 아들이 없었던 큰아버지 김노영의 양자가 된다.

김정희의 10대 시절은 주변인들의 죽음으로 점철된다. 10

대 초반 집안의 기둥이었던 조부 김이주와 양부 김노영의 죽음을 경험했고, 열여섯 살 때 어머니가 세상을 떠난 데 이어 열아홉 살 때는 부인 한산 이씨가 요절하고, 그의 정신적 스승이었던 박제가가 사망한다. 집안은 흉사로 점철됐지만 학문적으로는 큰 기회를 얻는다. 사마시에 합격한 김정희는 동지부사였던 친부 김노경의 청나라 연경 출장에 동행하게 된다. 이곳에서 견문을 넓힌 그는 북학파의 맥을 이어 실사구시 학문을 정립한다. 연경에서도 김정희의 글씨는 인기였다. 중국 제일의 학자였던 옹방강은 추사의 비범함에 놀라 "경술문장 해동제일"이라는 찬사를 보냈다.

이 무렵 김정희는 〈실사구시설〉이라는 논문을 완성한다.

"바른 길을 버리고 오묘한 곳에서만 도를 찾으려 한다. 허공을 딛고 용마루에 올라가 창문의 빛과 다락의 그림자로 방 아랫목 물 새는 곳을 찾으려 하니 끝내 찾을 수가 없다."

용마루에 올라가 어떻게 방 아래 물 새는 것을 찾겠느냐는 추사의 지적에서 공론보다는 실천을 중시한 그의 학풍이 읽힌다. 김정희의 관운은 오래가지 않았다. 벼슬이 호서안찰사를 거쳐 병조판서에 이를 무렵인 1830년 첫 유배를 떠나게 된다. 권력을 쥐고 있던 안동 김씨를 공격한 상소로 윤상도가 처벌받은 사건이 있었는데, 이 상소의 배후 조종자가 김정희라는 주장이 제기된 것이다. 결국 김정희는 안동 김씨 세력에 밀려 제주도로 유배를 떠난다. 유배 방식은 가시울타리를 치고 죄인을 그 안에 가두는 '위리안치'였다. 유배 생활 9년 동안 김정희는 쉬지 않고 글과 그림을 남긴다. 조선 최고의 걸작 〈세한도 歲寒圖〉가 이때 탄생한다. 유배 시절 유일한 힘이 되었던 두 번째 부인 예안 이씨가 세상을 떠나자 그는 이런 시를 바친다.

어쩌하면 월하노인 시켜 저승에 호소하여
내세에는 그대와 나 자리 바꿀까
내가 죽고 그대가 천 리 밖에 산다면
이 마음 이 슬픔을 그대가 알 터인데

1849년 유배가 끝나고 서울로 돌아온 그는 절친이었던 권돈인의 예론 논쟁에 휘말려 다시 함경도 북청으로 유배를 떠난다. 2년 귀양살이에서 돌아온 그는 경기도 과천에 머물다 일흔한 살의 파란 많은 생을 마친다. 평생 10개의 벼루에 구멍을 내고, 1000자루의 붓을 망가뜨렸다는 김정희. 인간의 글씨체가 아니라는 '추사체'는 불운이 그에게 준 선물이었을까.

인생에 대해 어떻게
말했는지 기억하나요?
보이지는 않지만 분명히
존재하는 어떤 성을
차지하기 위해 힘겹게
언덕을 오르는 것이
인생이라고 했잖아요.

A. J. 크로닌
1896~1981

나는 어디로 가고 있는 걸까, 휴머니즘 스토리텔러

웨일스의 가난한 탄광 마을에 보건소 보조 의사가 한 명 부임한다. 이름은 앤드루 맨슨. 인도주의적인 의사가 되기로 마음먹은 청년이다. 부임한 마을엔 장티푸스가 자주 창궐한다. 맨슨은 하수도가 원인임을 밝혀낸다. 낡은 하수관 때문에 상수도와 하수도가 섞이고 주민들이 그 물을 먹었던 것이다. 하지만 이 같은 사실을 아무리 당국에 보고해도 조치가 취해지지 않는다. 이유는 관료주의와 부패, 탁상행정, 예산 부족 이런 것들 때문이다. 아무리 건의해도 변화는 없고 사람들은 장티푸스로 죽어가는데 이런 상황에서 의사는 도대체 무엇을 해야 하는가. 이 질문 앞에 선 청년의사 맨슨은 과격하고 즉각적인 신의 한 수를 던진다. 하수도를 폭파한 것이다. 방법은 적중했다. 하수도 자체가 날아가 버렸으니 제아무리 게으른 당국이라 해도 공사를 하지 않을 수 없었던 것이다.

A. J. 크로닌의 소설 《성채*The Citadel*》에 나오는 이야기다. 소

설 《성채》는 참 많은 걸 생각하게 하는 소설이다. 나는 이 소설을 사제의 길을 고민했던 고교 시절에 읽었다. 그때 신학생 선배가 추천해준 책이 크로닌의 《성채》와 《천국의 열쇠》였다. 책은 '작은 삶'과 '큰 삶'이 어떻게 다른지 또 대의와 소의, 이기와 이타가 어떤 차이를 지니고 있는지를 숙고하게 해줬다.

소설 이야기를 좀 더 해보자.

맨슨은 잘못된 관행을 바로잡고 과학적인 치료를 정착시키는 데 최선을 다한다. 영국 의사시험 중 가장 힘들다는 의학회 시험에 합격한 맨슨은 초등학교 교사 크리스틴을 만나 가정도 꾸린다. 탄광을 떠나 의료공제조합으로 자리를 옮긴 맨슨은 또 다른 벽에 부딪친다. 광부들은 보상금과 휴가를 노리고 거짓 진단서를 발급받는 데 혈안이 돼 있었고, 의사들은 인술을 펼치기는커녕 커미션을 뜯어먹으며 살고 있었다. 맨슨은 부당함과 싸우지만 결국 의사와 광부 양측 모두에게 냉대와 멸시를 받는다. 맨슨이 오랜 연구 끝에 발표한 규폐증 연구 논문은 다른 선배 의사 업적으로 둔갑한다. 실의에 빠진 맨슨은 런던으로 돌아와 병원을 개업한다. 뛰어난 의술 덕분에 상류사회 환자가 늘어나고 맨슨은 돈을 벌기 시작한다. 돈맛을 보게 된 맨슨은 속물적인 의사로 변해간다. 이 모습을 가장 안타깝게 지켜보는 사람은 부인 크리스틴이다.

"당신이 인생에 대해 어떻게 말했는지 기억하나요? 인생은 미지의 것에 대한 도전이고, 언덕 위에 있는 보이지는 않지만 분명히 존재하는 어떤 성을 차지하기 위해 힘겹게 언덕을 오르는 것이라고 했잖아요."

크리스틴은 '성'에 오르기를 포기하고 속물이 되어 버린 남편을 질타한다. 그리고 얼마 후 크리스틴이 교통사고로 죽은 뒤 맨슨은 그녀의 무덤 앞에서 다시 '성에 오르기로 결심한다. 소설은 매우 치밀하고 재미있다. 작가 크로닌은 스코틀랜드 출신 의사였다. 소설에 나오는 모든 의료 현장 이야기는 거의 크로닌의 경험이다.

이 소설이 훌륭한 이유는 발 빠르게 읽히는 뛰어난 문장력이나 생생한 인물 묘사 때문만은 아니다. 《성채》의 압권은 자칫 잘못하면 계몽적으로 흐를 수 있는 소설을 하나의 명작으로 만들어냈다는 데 있다. 크로닌의 재능과 순수성이 그것을 가능하게 했다.

"도대체 나는 어디로 가는 걸까?"

소설 속에서 맨슨을 끊임없이 괴롭히던 질문이다.

2

숨지 않은
감정의
고귀함

공리주의적 계산으로만 세상을 보
려는 경제학적 사유는 맹목적이다.
이런 맹목적 태도는 세계의 질적인
풍성함, 인간 존재의 개별성과 내면
적 깊이, 그리고 희망, 사랑, 두려움
같은 걸 보지 못하게 한다. 또한 인
간으로서 삶을 산다는 것이 어떤
것인지, 의미 있는 삶은 어떤 것인
지 알지 못하게 한다.

위대하게 혹은 소박하게,
혹은 현명하거나 어리석게
되려고 노력할 필요가 없어.
단지 머릿속에 떠오르는 것을
그대로 하기만 하면 되는 거야.

헨리 밀러
1891~1980

욕망에 충실했던
신의 어릿광대

 "매일매일 인간은 가장 고귀한 충동들을 도살한다. 우리 안에 대가가 있지만 우리는 스스로를 믿지 못하고 어린 싹을 밟아 죽인다. 우리는 모두 왕, 시인, 뮤지션의 일면을 가지고 있다. 우리가 할 일은 스스로를 열고, 이미 그 자리에 있었던 것을 찾아내는 일이다."

 평소 이런 말을 하고 다닌 헨리 밀러는 문제적 남자다. 그는 충동을 억누르지 않는 삶을 살았다. 규칙에 반발해 학교를 그만두었고, 마치 여행가방 싸듯 여덟 번이나 결혼했다. 온갖 직업에 종사하면서 미국을 방랑하던 그는 마흔 살 무렵 무일푼으로 유럽행 배를 탔다. 그가 파리 뒷골목을 전전하면서 써낸 소설들은 발표하는 족족 발매 금지 처분을 받았다.

 훗날 《북회귀선》《남회귀선》 등으로 세계적인 작가 반열에 올랐지만 사람들은 그의 작품보다 인생사에 더 큰 관심을 가졌다. 절정은 그가 76세이던 1967년 46세 연하의 일본 배우 도쿠다 호키와 결혼을 발표했을 때였다. 세상은 온통 그의 애정 행각만을 이야기했다. 그에게는 위대한 문호라는 수사보다는 '욕망대로 사는 유명한 노인네'라는 수사가 붙어 다녔다.

생각해 볼 것이 있다. 내킨 대로 사는 게 과연 쉬운 삶이었을까? 헨리 밀러의 삶은 정말 행복했을까? 어쩌면 내키는 대로 사는 것이 규범대로 사는 것보다 더 힘들 수도 있다. 상대적으로 더 많은 스트레스와 위험성과 비난을 감수해야 하기 때문이다.

거의 알려지지 않은 헨리 밀러의 작품 《신의 광대 어거스트》를 우연히 읽게 됐다. 일종의 철학 우화로도 볼 수 있는 책인데 곡마단의 광대인 어거스트가 참된 자아를 찾아가는 과정을 그린다. 이 책을 읽으며 무릎을 쳤다. 헨리 밀러가 자유분방한 삶을 살았던 이유, 그 단서를 발견한 것이다.

결론부터 말하면 그는 '신의 광대'로 살고 싶어 했다. 밀러의 바람대로 신은 바이러스가 숙주를 이용하듯 그에게 재능을 심어 주고 그를 숙주로 활용했다. 사실 모든 창조적 행위에는 그와 비슷한 측면이 있다. 헨리 밀러가 뿜어져 나오는 욕망에 솔직했던 것은 신이 심어 놓은 프로그램 때문이 아니었을까. 신은 위대한 작품을 위해 그를 이용한 것이 아니었을까. 책에서 주인공 어거스트는 말한다.

"너는 이것이 되려고, 저것이 되려고 노력할 필요도 없고, 위대하게 혹은 소박하게, 혹은 현명하거나 어리석게 되려고 노력할 필요가 없어. 단지 머릿속에 떠오르는 것을 하기만 하면 되는 거야."

어거스트가 싫어하는 '노력하는 삶'이 사실은 인간적인 삶일 수도 있다. 자기 의지를 가지고 목표를 향해 가는 것, 그것이 인간다운 삶에 더 가깝다. 반대로 이런 노력을 거세한 삶은 자유분방해 보이기는 하지만 작품만 남고 삶은 피폐해지는 경우일 수도 있다. 소설의 주인공 어거스트는 방황을 하다가 깨닫는다. 광대는 사람들을 즐겁고 기쁘게 하는 사람이 아니라 그냥 신이 준 재능을 펼쳐 보이는 사람이라는 것을.

이쯤 되면 분명해진다. 헨리 밀러는 자신을 '신의 광대'라고 생각했다. 그는 세상이 어떤 손가락질을 하더라도 마음이 시키는 대로 살았다. 그가 그렇게 산 건 자신의 행복을 위해서가 아니라 작품을 탄생시키기 위한 수단이었을지 모른다.

"예술이나 스포츠는 결국 타고난 놈들이 하는 것"이라는 말을 흔히 한다. 타고난 놈들을 헨리 밀러 식으로 말하면 결국 신의 어릿광대가 아닐까.

욕망을 손에 쥐는 순간,
욕망의 대상은 저만큼
물러난다. 대상은 허상이
되고 다시 욕망만 남는다.
그리고 욕망이 남아 있기에
한 인간은 또 살아간다.

자크 라캉
1901~1981

내 생각이라 믿는 것 대부분은
타자에게 빌려온 것

"여자는 남자의 증상이다."

원래 문장이라는 게 영물 같은 것이어서 누가, 언제, 왜 어떤
내공으로 썼는지에 따라 똑같은 단어의 조합이라 해도 다른 가
치를 지닌다. 칼럼 첫머리에 거론된 자크 라캉의 문장을 해석하
고 분석하기 위해 수십 권의 책과 수백 편의 논문이 쓰였을 것
이다. 이 수수께끼 같은 문장은 도대체 무슨 뜻일까.

나는 이런 식으로 이해하고 싶다. 사춘기 시절 짝사랑하던 소
녀가 손에 《데미안》을 들고 다니는 것을 보고 나는 헤르만 헤
세에 빠진 적이 있다. 그녀는 나에게 헤르만 헤세라는 '증상'을
부여한 것이었다. 연모하는 여학생이 농구를 좋아하는 것을 알
고 남몰래 농구를 연마했던 소년들을 우리는 안다. 여학생들은
소년들이 하나의 증상을 앓도록 한 것이다.

이 문장을 놓고 일부 페미니스트 진영에서는 여성 폄하라는
비판이 일기도 했다. 반대로 슬라보예 지젝 같은 사람은 이 문

장을 '여성은 남성을 단일화하는 권력'으로 해석하면서 반대의 결론을 내리기도 했다.

어쨌든 라캉의 한 문장은 수백 편의 논문이다. 그는 정말 난해하다. 나 역시 라캉을 설명하라고 하면 막막하다. 암호 같고 계시 같은 수만 개의 문장으로 책 한 권이 이루어졌다고 생각해보자. 어찌 난해하지 않을 수 있겠는가. 게다가 그 문장들은 서로 유기적으로 영향을 주고받고 있어서 해석의 영역이 무한대로 확장된다.

그래서일까. 라캉의 대표작인 《에크리Ecrits》는 아직 국내에 번역되지도 않았다. 단행본으로 출간된 것은 그의 세미나 내용을 모은 책 중 일부일 뿐이다. 반면 그의 해설서는 많이 출간되어 있다. 대표 저작보다 "나는 그를 이렇게 읽었다"고 주장하는 책들이 더 먼저 출간되어 있는 셈이다.

라캉은 1901년 프랑스 파리에서 태어나 고등사범학교에서 철학을 공부하고 후에 정신병리학을 공부해 정신과 의사가 된 인물이다. 그가 세상에 알려진 것은 65세가 되던 해 《에크리》를 출간하면서부터였다. 의학계는 물론 사상계가 발칵 뒤집힌 이유는 분명했다. 수백만 명의 환자를 상담한 경험을 바탕으로 인간의 욕망을 철학적으로 분석했기 때문이다. 정신과 의사 라캉의 욕망 이론은 책상물림에 불과한 수다한 이론들을 한낱 허구로 만들어 버렸다.

그는 저술보다 세미나를 좋아했는데 현역으로 활동하는 동안 거의 매주 세미나를 열었다. 시대를 풍미한 수많은 철학자가 세미나를 듣기 위해 줄을 섰고, 그들은 훗날 라캉 학파의 전파자가 됐다. 라캉은 인간의 욕망을 바탕으로 천기누설을 하듯 차원이 다른 이론을 설파했다.

"그것(욕망)을 손에 쥐는 순간 욕망의 대상은 저만큼 물러난다…. 따라서 대상은 결국 허상이 되고 욕망만 남는다…. 하지만 욕망이 남아 있기에 인간은 또 살아간다."

예를 들어 우리가 고급 별장을 욕망했고, 어느 날 별장이 생겼다고 치자. 그 순간 집에 관한 모든 욕망이 사라질까. 당연히 아니다. 욕망은 여전히 그 자리에 남아 또 다른 집을 그리워하게 만들 것이 분명하다. 슬프게도 라캉은 한마디를 더 던진다. "인간의 욕망은 결국 타자의 욕망이다"라고…. 하긴 그렇다. 좋은 옷을 왜 사 입을까? 내가 스스로 멋있다고 생각해시일까. 혹시 남들이 이런 옷을 멋있다고 봐주기 때문이 아닐까. 내가 어떤 식의 삶을 욕망하는 건 부모님과 세상이 그것을 원했기 때문이 아닐까.

평범한 반죽이 불에 닿으면
왜 토르티야가 되는지.
불 같은 사랑을 겪어보지
못한 가슴은 왜 아무런
쓸모없는 반죽에
불과한 것인지.
그제야 알 것 같았다.

라우라 에스키벨
1950~

부엌을 페미니즘 공간으로
탈바꿈하다

어린 시절 부엌에 들어가길 좋아했던 나는 할아버지에게 "사
내놈이 무슨 부엌을 기웃거리냐"는 핀잔을 들어야 했다. 부엌
은 내게 놀이동산만큼 짜릿한 공간이었다. 그곳에서 일어나는
창조는 늘 놀라웠다. 야채나 고기, 생선과 양념이 몇 시간 만에
국물로, 조림으로, 혹은 무침으로 재탄생했다.

부엌의 창조물은 계절에 따라, 절기에 따라, 기념해야 하는
이벤트에 따라 달라졌다. 내게 부엌은 이렇듯 신기한 공간이었
지만 창조의 당사자인 어머니와 할머니에게는 그렇지만은 않았
던 듯하다. 여인에게 부엌은 복종과 의무를 강요당하는 공간이
었다. 그들은 요리를 하면서 때로는 한을, 때로는 울분을, 때로
는 하고 싶은 말을 되삼켰을 것이다.

멕시코 소설가 라우라 에스키벨의 기발한 소설 《달콤 쌉싸
름한 초콜릿》은 뛰어난 작품이다. 전 세계 여인들의 한恨의 공
간인 부엌을 페미니즘의 현장으로 탈바꿈했으니 말이다. 소설

은 아주 멋지고 에로틱하기까지 하다.

소설의 주인공은 티타다. 부유한 농장주의 셋째 딸이었지만 그에겐 태어날 때부터 드리워진 숙명이 있다. 막내딸은 결혼하지 않고 평생 어머니를 봉양해야 한다는 집안의 말도 안 되는 관습이 있었던 것이다. 페드로라는 멋진 청년이 청혼을 해오지만 티타는 받아들일 수가 없다. 어머니는 페드로에게 티타의 언니인 로사우로와 결혼할 것을 종용한다. 먼발치에서라도 티타를 지켜보고 싶었던 페드로는 제안을 받아들인다. 상식으로는 이해되지 않는 동거가 시작된다. 갈등, 음모, 배신, 혁명, 화해 등 숱한 사건이 벌어지고 소설은 요리라는 은유를 통해 상황을 묘사한다. 결국 티타는 요리책 한 권을 남기고 사라진다. 그녀는 당대 현실 속에서 자신의 꿈을 이루지는 못했지만 소설을 통해 의미 있는 문장들을 남긴다.

"모든 물질이 왜 불에 닿으면 변하는지. 평범한 반죽이 왜 토르티야가 되는지. 불 같은 사랑을 겪어보지 못한 가슴은 왜 아무런 쓸모도 없는 반죽 덩어리에 불과한 것인지. 그제야 알 것 같았다."

"눈길이 자기 몸에 닿는 순간 마치 기름에 도넛 반죽을 넣었을 때와 같은 기분이 들었다."

소설에 등장하는 요리 중 가장 기억나는 건 8월의 요리로 등장하는 참판동고champandongo다. 참판동고는 멕시코 북부지방 전통요리다. 쇠고기, 돼지고기에 아몬드, 호두, 양파, 치즈를 얹고 닭고기 육수에 적신 옥수수 토르티야에 향신료 커민을 뿌린 뒤 이것들을 켜켜이 쌓아 오븐에 익혀 만든다. 아무리 솜씨 없이 만들어도 맛없기가 힘들다는 그 요리다. 들어간 모든 재료의 속살이 드러나도록 단면도처럼 잘라서 먹는다.

작가는 왜 이 요리를 8월에 등장시켰을까? 8월은 티타와 페드로가 서로 마음속 사랑을 확인하는 달이다. 즉 수많은 우여곡절의 터널을 지나온 사랑이 최고의 맛을 지니고 있다는 복선이 아니었을까.

에스키벨은 1950년 멕시코시티에서 태어났다. 직업은 원래 교사였는데 아동극을 쓰기 시작하면서 작가의 길에 들어섰다. 《달콤 쌉싸름한 초콜릿》은 그의 데뷔작이자 출세작이다. 33개 언어로 번역돼 500만 부가 넘게 팔렸다.

음식을 먹어 본 사람들이 어떻게 이 요리를 만들 수 있었냐고 물을 때마다 주인공 티타는 이렇게 말한다.

"사랑을 집어넣으면 되죠."

그녀 앞에 서면 나는 뜨거운 불에
타는 것 같았다. 도대체 어떤 불인지
알 필요도 없었다. 나로서는 불에 타는 것
자체가 말할 수 없는 행복이었기 때문이다.

이반 투르게네프
1818~1883

170년 전 유럽을 흔든
사랑학개론

"지난 한 달 동안 나는 아주 늙어 버렸다."

러시아 소설가 이반 투르게네프의 소설 《첫사랑》의 주인공 블라디미르의 한탄 섞인 고백이다. 첫사랑에 빠졌을 당시 블라디미르의 나이는 겨우 열여섯 살이었다. 누구나 경험했겠지만 첫사랑은 한 남자를 어른으로 만든다. 첫사랑은 어떤 결실로 이어지기 힘들다. 실체와는 다른 환상에 휩쓸려 제대로 된 판단을 하는 것 자체가 불가능하기 때문이다. 그 환상과 마약에서 깨어났을 때가 되어서야 비로소 사랑을 어렴풋이 알게 된다. 그래서 첫사랑은 대부분 무모하고, 어이없으며 유치하다.

다시 투르게네프의 소설 《첫사랑》으로 돌아가 보자. 주인공 블라디미르는 이웃에 사는 가난한 공작부인의 딸인 스물한 실의 지나이다를 보고 첫눈에 반한다. 지나이다는 개성이 강하고 에너지가 넘치며 바람기도 있는 여인이다. 그녀의 주변에는 늘 남자들이 들끓는다. 블라디미르는 지나이다의 눈에 들기 위해

4m 높이의 담장에서 뛰어내리는 등 훌륭한 남자로 보이기 위한 온갖 행위를 서슴지 않는다.

"그녀 앞에 서면 나는 뜨거운 불에 타는 것 같았다. 그러나 나를 불태우며 녹여 버리는 그 불이 도대체 어떤 불인지 알 필요가 없었다. 나로서는 불에 타서 녹아 버리는 것 자체가 말할 수 없이 달콤한 행복이었기 때문이다."

그러던 어느 날 블라디미르는 지나이다에게 따로 애인이 있다는 소문을 듣는다. 흥분한 블라디미르는 늦은 시간에 애인과 만나는 장면을 확인하기 위해 칼을 가슴에 품고 현장에 잠입한다. 그리고 얼마 후 블라디미르는 평생 잊지 못할 상황을 목격한다. 자신이 그토록 저주했던 지나이다의 연인이 바로 자신의 아버지였던 것이다. 가장 남자다운 남자라고 생각했던 아버지가 지나이다의 연인이라는 사실은 블라디미르에게 번개에 맞은 듯한 충격을 준다. 그날로 블라디미르는 첫사랑의 열병에서 벗어난다. 그 장면을 목격하기 전까지 자신이 어른의 세계에 속하지 못한 아이에 불과했다는 사실을 깨달은 것이다.

사실 이 이야기는 투르게네프의 경험담이다. 투르게네프는 스스로 이 작품을 가장 소중하게 여겼다.

"나는 내 작품 중 딱 한 작품만 만족스럽게 되풀이해서 읽곤

합니다. 바로 《첫사랑》입니다. 《첫사랑》에는 가식 없는 오직 사실만이 그려져 있어서 읽을 때마다 주인공이 살아 있는 듯합니다."

《첫사랑》은 170년 전에 쓰여진 《사랑학개론》의 원전 같은 작품이다.

"나는 모든 것에 놀라움을 느끼면서 무엇인가에 대해 계속 마음의 준비를 하고 있었다."

그렇다. 첫사랑에 빠진 자에게 어른들의 세상은 모두 놀라운 일뿐이다. 마음의 준비를 하지 않으면 심장이 떨려 어찌 살겠는가. 소설은 아버지의 불륜이나 정숙하지 못한 지나이다의 행동에 초점을 맞추지 않는다. 소설이 중심을 두는 것은 한 소년의 성장사다. 한 소년이 어떻게 이성에 대한 환상에 빠지고, 어떻게 그 환상에서 빠져나오는지를 정갈한 문체로 그린다. 소설의 클라이맥스는 여기서 끝나지 않는다. 상남자로 살았던 블라디미르의 아버지는 죽기 직전 아들에게 편지를 보낸다. 편지에는 "내 아들아, 여자의 사랑을 두려워해라. 그 행복, 그 독을 두려워해라…"라고 쓰여 있었다.

아아, 사랑은 가고
돌아오지 않네!
그라나다의 두 강은
하나는 눈물, 하나는 피라네
아아, 허공으로 사라진
사랑이여

페데리코 가르시아 로르카
1898~1936

꿈꾸지 않는 자,
빛을 보지 못할 것이다

검은 머리에 짙은 눈썹, 허무하면서도 뜨거운 눈빛, 그는 머리에서 발끝까지 안달루시아인이었다. 페데리코 가르시아 로르카 이야기다. 이슬람이 800년 동안이나 지배했던 안달루시아는 문화, 기후, 인종적으로 매우 특이하게 진화한 땅이다. 나는 안달루시아의 태양과 정열을 로르카를 통해 알았다. 몇 장의 사진과 시집으로, 또 산문집 《인상과 풍경》으로, 앤디 가르시아 주연의 영화 〈그라나다〉로 내게 다가왔다.

로르카는 비극적으로 죽었다. 스페인 내전을 일으킨 독재자 프랑코는 공화파였던 로르카를 미워했다. 로르카는 자유와 대중을 사랑했고, 대중 역시 그를 사랑했기 때문이다. 그의 시 낭송회에는 늘 수천 명이 몰렸고 사람들은 로르카의 음성과 눈빛에 가슴을 쓸어내렸다. 결국 1936년 8월, 로르카는 파시스트들에게 납치돼 그라나다에서 사살된다. 시신조차 발견되지 않았다. 몇 해 전 스페인 정부가 로르카가 암매장됐을 만한 지역을 수색한다는 외신 보도가 있었지만 아직 그의 시신을 찾았다는 소식은 없다.

로르카는 안달루시아를 닮은 독특하고 강렬한 비유를 시와 희곡에 담아낸 주술사였다. 로르카는 그라나다대에서 법학을 공부했지만 그의 감성은 음악과 문학에 더 가까웠다. 그의 작품은 서로 대비되는 것들을 하나로 담아냈다. 지역적이면서도 세계적이었고, 원초적이면서도 이성적이었다.

로르카의 시 중에 〈세 강의 발라드〉라는 작품이 있다.

과달키비르 강은 흐르네

오렌지와 올리브 나무 사이로,

그라나다의 두 강은

눈 덮인 산에서 보리밭으로 흘러 내려오네

아아, 사랑은 가고

돌아오지 않네!

과달키비르 강은

석류의 수염을 가졌네

그라나다의 두 강은

하나는 눈물, 하나는 피라네

아아, 허공으로 사라진
사랑이여

아랍어로 큰 강을 뜻하는 과달키비르 강은 가장 아름다운
폐허라는 알함브라 궁전 옆을 지나 대서양으로 간다. 안달루시
아인의 모든 슬픔을 지켜보면서 그들의 눈물과 꿈을 싣고 흘러
가는 것이다.

로르카는 산문집에 이렇게 썼다.

"꿈꾸어야 한다. 꿈꾸지 못하는 자여! 가엾은 자여, 그대는
결코 빛을 보지 못할 것이다."

안달루시아를 처음 여행했을 때 집시들이 추는 플라멩코를
봤다. 나는 스페인어를 할 줄 아는 동행에게 집시들이 부르는
노래 가사가 무슨 의미를 담고 있는지 물었다. 관객을 향해 때
로는 항의하듯, 때로는 고백하듯 외치는 그 의미가 궁금했다.
뜻은 상상했던 것보다 훨씬 직접적이고 강렬했다.

"너도 그날 밤을 기억하지. 그런데 날 버렸어. 왜 그랬어. 하
지만 난 지금도 네 꿈을 꿔. 심장 하나 가득 난 널 사랑해."

꿈과 광기가 동의어로 쓰이는 곳, 언제나 꿈을 꾸고 있는 곳,
안달루시아였다. 그리고 그곳에는 로르카가 있다.

공리주의적 계산으로만
세상을 보는 사유는
맹목적이다. 이런 태도는
질적인 풍성함, 인간 존재의
개성과 내면적 깊이, 그리고
희망, 사랑, 두려움 같은 걸
보지 못하게 한다.

마사 누스바움
1947~

감정도 공적 판단의
근거가 될 수 있다

재판정 풍경이 종종 뉴스가 된다. 특히 이런 경우가 눈길을 끈다. 재판을 받는 미성년자에게 판사가 큰 소리로 "어머니 사랑합니다"를 외치게 했다든지, 사고로 자식을 잃고 실의에 빠진 가난한 여인을 위해 미국 판사가 벌금을 면제해주면서 "희망을 잃지 말라"는 이색 판결을 내렸다든지 하는 이야기다. 이런 법정 스토리가 화제가 된 이유는 객관성만 존재할 것 같은 공간에서 '감정感情'이 힘을 발휘했기 때문이다.

그런데 사실 재판에 감정이 개입되는 것은 어쩌면 당연한 일이다. 감정을 가진 인간이 감정을 가진 인간을 재판하기 때문이다. 이 대목에서 우리는 마사 누스바움이라는 학자를 기억해야 한다. 법철학, 고전학, 여성학 분야 세계적 석학인 그는 "감정도 신념의 복합체로서 공적 판단의 근거가 될 수 있다"고 말한다.

법전과 판례는 객관화한 기준일 뿐 재판정에 선 사람 한 명 한 명의 삶을 설명해줄 수 없다. 따라서 정확한 재판을 위해서는 재판관이 상상력을 동원해 사건이 발생한 상황으로 들어가 관련된 개인의 서사를 이해하는 노력을 기울여야 한다.

우리는 흔히 재판이나 교육, 혹은 정치 같은 공적 영역에 감정이 개입되면 큰일 나는 줄 알고 살아간다. 이것은 허상이다. 감정이 개입되는 것이 지당한 일이기 때문이다. 중요한 것은 감정이 특정 개인이나 집단의 이익을 위해 소모되지 않고 더 나은, 더 정확한 결과를 만드는 것에 기여하도록 해야 한다는 것이다.

누스바움은 저서 《시적 정의》에서 감정의 힘을 역설한다.

"공리주의적 계산으로만 세상을 보려는 경제학적 사유는 맹목적이다. 이런 맹목적 태도는 세계의 질적인 풍성함, 인간 존재의 개별성과 내면적 깊이, 그리고 희망, 사랑, 두려움 같은 걸 보지 못하게 한다. 또한 인간으로서 삶을 산다는 것이 어떤 것인지, 의미 있는 삶은 어떤 것인지 등을 알지 못하게 한다."

사실 정치라는 것도 감정 행위의 대표적 사례다. 독일의 폭탄이 런던에 연일 떨어지던 제2차 세계대전 때 처칠은 이젤을 펼치고 템스 강변에서 그림을 그렸다. 그 모습을 보고 한심하다고 생각한 영국인은 없었다. 처칠의 여유 있는 모습은 절대적인 신뢰를 얻었고, 그는 위기를 돌파할 수 있는 동력을 얻었다.

재선에 도전한 클린턴은 지지율이 답보 상태를 보이던 어느 날 시름에 빠져 허름한 술집에서 셔츠를 걷어붙인 채 색소폰을 불었다. 이 사진이 보도된 직후 그의 지지율이 급등했다. 정책과 아무 상관없는 색소폰 연주가 대중의 정치적 결정을 좌우한 것이다.

누스바움은 세상을 숫자로 보지 말고 감정으로 보자고 말한다. 이성 중심의 서양철학에 감정을 입히자는 것이다. 단, 감정을 중시하면서도 혐오와 수치심이라는 감정은 배제돼야 한다고 주장한다. 약자를 차별하는 폭력성에서 기인한 것들이기 때문이다. 즉, 가난한 사람을 혐오하는 것은 자신이 가난해질지도 모른다는 공포에서 벗어나기 위한 폭력성에서 기인한 것이다.

누스바움은 뉴욕에서 태어나 뉴욕대학에서 연극과 서양고전을, 하버드대학에서 고전철학을 공부했으며 현재 시카고대학 석좌교수다. 노벨경제학상 수상자인 아마르티아 센과 함께 유엔이 국내총생산GDP의 대안으로 제시한 인간개발지수HDI의 이론적 토대를 제공하기도 했다.

사실 가장 아름다운 지성은 감정과 결합한 지성이다. 인간의 얼굴을 한 지성 말이다.

3

저항의
미학에
대하여

군부가 상황을 몰랐을 리 없다.
그들이 항복을 질질 끌고 있는 건
자기 목숨을 부지하기 위한 생물
학적 본능 때문이었다. 그래서 나는
그들을 증오할 권리가 있다.

이제 와서 생각해보니 모든 기약,
위대함, 관대함, 고귀함 중에서 지금까지
남은 게 없군요. 기억밖에는⋯.

조지프 콘래드
1857~1924

문명의 어두운 이면
파헤친 선원 출신 작가

문학사에 남은 작가들 중 선원 출신 작가가 꽤 있다. 해양소설 불후의 명작 《모비딕》을 쓴 허먼 멜빌이 선원이었고, 《강철군화》《바다의 이리》 등을 쓴 잭 런던도 선원 생활을 했다. 비행 기술이 발달하기 전, 배는 세상으로 나가는 거의 유일한 통로였다. 세상을 보고 온 선원 출신 작가들은 골방에서는 도저히 나올 수 없는 상상력으로 개성 넘치는 작품을 써냈다. 그들의 작품에는 묘한 신비스러움이 담겨 있다.

빼놓을 수 없는 또 한 명의 선원 출신 문호가 조지프 콘래드다. 영화 〈지옥의 묵시록〉의 원작소설 《암흑의 핵심》을 쓴 바로 그 작가다. 콘래드의 작품에 가까이 가기 위해선 그의 파란 많은 삶을 먼저 만나야 한다.

콘래드는 1857년 당시는 폴란드 영토였던 우크라이나 베르디체프에서 태어났다. 아버지는 러시아에 저항하는 독립운동가이자 작가였다. 콘래드가 네 살 때 아버지는 체포되어 유배를 가게 된다. 곧이어 어머니가 결핵으로 죽자 콘래드는 외삼촌 집에 맡겨진다. 외삼촌 집에서 콘래드는 아버지가 번역한 책들을 읽으며 작가의 꿈을 키운다. 열일곱 살이 되던 해 콘래드는 조국이 처한 절망적인 상황에 염증을 느끼고 프랑스로 가 선원이 된다. 그는 난파와 선상 폭동을 경험하기도 하고, 도박에 빠지기도 하며, 무기 밀수선을 타기도 하고, 한 여인을 놓고 결투를 벌이기도 한다.

질풍노도의 삶을 살던 콘래드는 20대 중반에 선장 자격시험에 합격하고, 영국으로 귀화하면서 달라지기 시작한다. 본격적으로 글을 쓰기 시작한 것이다. 그는 탐험에서 만난 것들을 작품에 녹였다. 《암흑의 핵심》은 아프리카 콩고강을 거슬러 올라가는 항해를 한 경험을 바탕으로 썼다.

"세계의 정복이라고 하는 것이 대부분 우리와 피부색이 다르고 우리보다 코가 낮은 사람들을 상대로 자행하는 약탈이 아닌가. 그러므로 그 행위를 곰곰이 들여다보면 아름다운 것이 못된다고."

"모든 기약, 위대함, 관대함, 고귀함 중에서 이제 남은 게 없군요. 기억밖에는…."

이런 문장들에서 짐작할 수 있듯 소설에는 식민제국주의에 대한 비판이 깔려 있다. 줄거리는 선장인 말로가 기선을 몰고, 벨기에 식민지였던 콩고에서 왕국을 건설해 살아가는 커츠라는 백인을 찾아가는 이야기다. 콘래드는 이성과 과학으로 무장한 문명사회에서 온 커츠가 온갖 만행을 저지르면서 지배자로 군림하는 모습을 통해 문명의 이면을 파헤친다. 선교니 학술 연구니 계몽이니 하는 주장으로 치장한 서구인들의 아프리카 침략을 비판하는 것이다. 《암흑의 핵심》은 사실 '읽는 소설'이라기보다는 '사색하는 소설'이다. 그만큼 깊고 난해하다. 묘사나 줄거리 진행보다는 상징과 암시에 기대고 있기 때문이다.

"커튼처럼 둘러선 밀림 뒤쪽에서 우리 머리 위를 선회하듯 북소리가 허공에 걸려 있었다. 그 북소리가 의미하는 것이 전쟁인지, 평화인지, 아니면 기도인지 우리는 짐작도 할 수 없었다."

이 문장은 읽고 또 읽어도 새롭다. 전쟁과 평화와 기도가 아프리카라는 대륙에서 어떻게 한 통에 담겨 혼재되어 있는지 사유하게 해준다. 전쟁도 평화도, 기도도, 결국 백인들이 가지고 온 것들이었다. 그것이 결국 아프리카의 정체성과 리듬을 파괴했다. 파괴의 씨앗은 지금도 남아 있다.

소설에서 커츠가 죽으면서 한 말이 생각난다.

"무서워라. 무서워라."

군부가 상황을 몰랐을 리 없다.
그들이 항복을 질질 끌고
있는 건 자기 목숨을
부지하기 위한 생물학적 본능
때문이었다. 그래서 나는
그들을 증오할 권리가 있다.

오오카 쇼헤이
1909~1988

가미카제 특공대원들은
용감하지 않았다

태평양전쟁에 참전했던 가미카제 특공대원들은 모두 천황에 대한 충성으로 무장한 인간병기였을까. 영화에서 묘사하는 것처럼 그들은 어떤 두려움이나 의심 없이 비행기를 몰고 미국 군함에 돌진했을까.

사실 말도 안 되는 이야기다. 그들도 우리와 똑같은 사람이었다. 가미카제 특공대원들이 출격 직전에 남긴 일기가 공개된 적이 있다. 특공대원들은 징집되기 전 베토벤을 듣고 릴케를 읽으며 연애 편지를 쓰던 청년들이었다. 그들은 출격하기 전 죽음의 공포에 떨었고, 어머니를 그리워했으며, 두고 온 애인을 보고 싶어 했다. 일제는 그들을 속이고 협박해 희생양으로 만들었다. 걷지도 못하고 오줌을 지리는 어린 조종사를 비행기 조종석에 밀어 넣은 사례도 실제로 있었다.

오오카 쇼헤이의 소설 《포로기》에는 태평양전쟁에 참여했던 일본군의 민낯이 잘 그려져 있다. 저자이자 작품의 주인공인

오오카는 명문 교토대학에서 불문학을 전공한 엘리트였다. 번역가이자 작가로서 인생을 살던 그는 태평양전쟁 말기에 36세라는 늦은 나이에 징집된다. 패망에 직면한 일본 군부가 징집연한을 늘려 마구잡이로 병사들을 끌어모으던 시기였다. 필리핀 민도르 섬에 배치된 오오카는 제대로 된 전투도 해보지 못한 채 말라리아에 걸려 정글을 떠돌다 미군의 포로가 된다. 영어를 할 줄 안다는 이유로 수용소 통역을 맡은 그는 중간자적 시각으로 일본군 포로를 바라보기 시작한다.

여기서 묘한 아이러니가 등장한다. 포로가 된 일본군들은 오히려 행복해 보였다. 그들은 일본군 신분으로 전쟁을 할 때보다 미군 포로가 된 이후 훨씬 인간다운 삶을 살았다. 일본 군부는 충성만 강요했을 뿐 아무것도 해준 게 없었다. 쥐를 잡아먹어야 할 정도로 배급은 형편없었고, 군 내부의 학대와 폭력은 적군의 포탄보다 끔찍한 것이었다. 하지만 미군 포로가 된 이후 일본군의 생활은 달라졌다. 먹을 것이 풍족했고, 제네바 협정에 의거한 인도주의적 대우를 받으며 평화로운 하루하루를 보낼 수 있었다. 물론 핵심 수뇌부는 전범재판에 회부됐다. 오오카는 이곳에서 일본군의 민낯을 마주한다. 좋은 음식을 먹고 의료서비스를 받으며 시간을 보내는 일본군은 그냥 평범한 인간 군상일 뿐이다. 그들은 제국주의자가 주입한 명분을 흉내만 냈을 뿐 세상 어디에나 있는 그저 그런 생활인들이다. 통조림 깡통 몇 개에 행복해하는 이들이 얼마 전까지 전쟁을 수행한 군인들이었다는 게 믿기지 않는다. 결국 문제는 위정자들이었던 것이다.

"나는 군부를 증오했다. 전문가인 그들이 절망적인 상황을 몰랐을 리 없다. 또한 일억옥쇄—億玉碎 따위가 실현될 리 없다는 사실도 알고 있을 것이다. 그들이 항복을 연기하고 있는 건 자기 목숨을 부지하기 위한 생물학적 본능이었다. 그래서 나는 그들을 생물학적으로 증오할 권리가 있었다."

이것이 태평양전쟁의 본질이다. 소시민을 총알받이로 앞세워 대동아공영권이니 천황만세니 떠들어댄 건 위정자들이었다. 그들은 한술 더 떠, 죽으면 신으로 다시 태어난다는 속임수 내세관까지 주입시켰다. 사실 모든 전쟁은 비슷한 속성을 지닌 평범한 사람을 협박해 전사로 포장한다.

중국 전국시대 사상가 묵자는 올바른 정치를 펼치기 위해서라며 틈만 나면 전쟁을 일으키던 위정자들에게 "정의고 나발이고 전쟁이나 그만하는 게 바른 정치"라고 외쳤다. 예나 지금이나 대중이 원한 전쟁은 없었다. 위정자들의 광기였을 뿐이다.

어느 미친 운전사가 교통사고를
일으키며 달리고 있다. 당신은 부상자를
위해 기도만 하겠는가? 아니면
미친 운전사를 끌어낼 것인가?

디트리히 본회퍼
1906~1945

나치에 저항한
행동주의 목사

제2차 세계대전이 끝을 향해 치닫던 1945년 4월 9일, 독일 플로센뷔르크 강제수용소에서 음산한 새벽 미명 아래 반정부 인사들에 대한 교수형이 집행됐다. 그날 처형장에 있었던 한 나치 친위대 소속 군의관은 너무도 의연한 죽음 하나를 목격하고 글을 남겼다.

"나는 반쯤 열린 문을 통해 한 남자가 조용히 무릎을 꿇고 기도하는 모습을 지켜볼 수 있었다. 이상할 정도로 마음이 끌리는, 헌신과 신뢰가 넘치는 기도에 큰 충격을 받았다. 형장에 도착해서도 그는 다시 짧게 기도하고 흐트러짐 없이 교수대에 올라섰다. 그의 죽음은 몇 초가 채 걸리지 않았다. 나는 50년을 의사로 살면서 수많은 죽음을 지켜보았지만 그렇게 죽음을 맞는 사람을 본 적이 없었다."

의연한 죽음의 주인공은 독일의 목사이자 신학자 디트리히 본회퍼다. 그는 히틀러 암살 음모에 연루됐다는 죄목으로 교수대에 서는 날까지 행동하는 성직자로 살았다.

"어느 미친 운전사가 많은 교통사고를 일으키며 달리고 있다. 당신이 그 자리에 있었고 만일 기독교인이라면 부상자를 위해 기도만 해주겠는가? 아니면 미친 운전사를 끌어낼 것인가?"

《정말 기독교는 비겁할까?》라는 제목으로 국내 출간된 본회퍼의 책에 나오는 말이다. 이 말은 그가 왜 성직자로서의 안일을 포기하고 반나치 운동에 뛰어들었는지 명확하게 설명한다.

본회퍼가 처음부터 성경적 가치를 행동으로 옮긴 건 아니었다. 그는 정신 의학계의 권위자였던 카를 본회퍼의 아들로 유복한 가정에서 태어났다. 수재였던 그는 튀빙겐대학과 베를린대학에서 신학을 전공한다. 수석으로 졸업한 그는 미국 유니온 신학교로 유학을 떠나 그 유명한 라인홀드 니부어 밑에서 공부한다. 이때까지만 해도 그는 얌전한 신학생에 불과했다. 하지만 그는 미국 인종차별의 현장을 목격하면서 서서히 변해간다. 같은 신을 섬기고 같은 교리를 받들면서도 피부색이 다르다는 이유로 한쪽을 차별하는 모순에 분노한 것이다. 그는 독일로 돌아와 본격적으로 유대인 차별 반대 운동을 펼친다. 히틀러가 독일 교회에서 유대인 목사들을 추방하자 본회퍼는 목사 동맹을 만들어 저항한다. 나치 치하 독일을 보며 그는 한탄했다.

"악의 거대한 가장무도회가 모든 윤리적 개념을 뒤죽박죽으로 만들었다. 딛고 설 땅이 사라졌다."

본회퍼는 반나치 설교를 하고 인종 차별이 명시된 뉘른베르크 법안에 반대했다는 이유로 설교와 강의, 일체의 저술 활동을 금지당한다. 본회퍼의 투쟁은 강도를 더한다. 그는 훗날 '본회퍼 윤리학'이라 불리는 신학 이론을 바탕으로 나치에 맞선다.

"오늘날 우리 그리스도인은 몽상가나 헛된 망상가가 아님을 이 세상을 향해 충분히 증명할 수 있어야 합니다. 엄청난 혁명으로 시작된 기독교가 이제는 시대에 대해 보수적이어야 할까요? 우리는 논란이 될 만한 것에 대해 말하는 위험을 감수해야 합니다. 그리하여 중요한 삶의 문제들이 드러나도록 해야 합니다."

본회퍼는 저항 조직인 검은 오케스트라단을 이끌며 유대인 망명을 도왔고, 세계 각국 교회와 연합국에 나치의 만행을 알렸다. 1943년 체포된 그는 결국 교수대에서 생을 마감한다.

그의 삶은 행동은 사라지고 말만 남은 기독교에 많은 시사점을 던진다. 대형 건물에 안주하면서 흔하게 은혜를 팔고 사는 안일한 기독교인들에게 그는 말한다. "잠시 편안한 순간을 위해 소외된 자들을, 폭력을 외면하지 말라"고.

생명이 그 춤을 안무했다.
두려움이 박자를 맞추었다.
전율 하나하나에
그와 동일한 고통을 치르리라는 것을
두 사람은 이미 알고 있었다.

아룬다티 로이
1961~

카스트, 남존여비,
종교차별에 도전한 작가

"바다의 비밀을 간직한 채 도시로 나온 어부처럼."

"어떤 일은 받아야 할 벌과 같이 오는 법이다. 붙박이 옷장이 딸린 침실처럼."

1990년대 중반 영국의 독보적인 문학 출판 에이전트인 데이비드 고드윈은 인도 남부 케랄라주에서 보내온 투고 원고의 몇 줄을 읽고는 곧바로 인도행 비행기 티켓을 예약한다. 원고는 너무나 매력적이었다. 세상에 없던 은유들이 정교하게 짠 옷감을 연상시키듯 소설 속에 촘촘히 박혀 있었다.

투고자가 창조해낸 그만의 미학이었다. 인도로 날아간 고드윈은 아룬다티 로이라는 30대 초반의 투고자를 만나 당시로는 거액인 160만 달러라는 기록적인 선인세를 시불하고 책을 계약한다. 이렇게 해서 세상에 나온 책이 《작은 것들의 신》이다. 고드윈의 예측대로 책은 나오자마자 맨부커상을 받았고 전 세계 40개 언어로 번역되어 600만 부가 팔리는 베스트셀러가 된다.

아룬다티 로이는 1961년 인도 남부에서 힌두교도인 아버지와 시리아 정교를 믿는 어머니 사이에서 태어났다. 케랄라주 아예메넴에서 성장한 그녀는 건축학을 공부했으며 시나리오를 쓰기도 했다. 《작은 것들의 신》은 그의 반半자전적인 이야기를 담고 있다. 소설은 카스트제도, 남존여비, 가부장, 종교 차별 등 부당한 전통에 의해 파괴된 가족사를 다룬다. 거대한 관습의 폭력에 힘없이 무너져 내린 작고 아름다운 것들의 슬픈 모습을 그린 것이다. '작은 것들의 신'이라는 제목은 그렇게 탄생했다.

소설의 중심 이야기 구조는 이란성 쌍둥이 남매인 에스타와 라헬이 젊은 나이에 비극적으로 죽은 어머니 암무의 죽음을 회상하는 형식이다. 암무는 알코올 중독자인 차농장 지배인과 결혼했다가 이혼한다. 쌍둥이를 데리고 이혼녀가 되어 돌아온 그녀를 부모는 수치스럽게 생각한다. 마을에는 불가촉천민인 벨루타가 산다. 손재주가 좋은 목수인 그는 신분의 굴레에서 벗어나고자 기독교로 개종까지 했지만 그 사회에서도 신분차별은 그대로였다. 그러던 중 이혼녀 암무와 불가촉천민 벨루타 사이에 사랑이 싹튼다. 도저히 용납될 수 없는 사랑이었다. 끝이 보이는 환희에 깊숙이 빠져 들었다.

"생명이 그 춤을 안무했다. 두려움이 박자를 맞추었다. 전율 하나하나에 그와 동일한 고통을 치르리라는 것을 두 사람은 이미 알고 있었다. 마치 그들이 얼마나 멀리 갔느냐에 따라, 얼마나 많은 것을 빼앗기게 되는지 이미 알고 있었던 것처럼."

그들은 무서운 규칙을 어긴 것이다. 사랑의 방식마저 규정해 놓은 관습을 어긴 벌로 그들은 죽음에 내몰린다. 위기에 처한 벨루타는 지역 공산당까지 찾아가 호소하지만 그들도 관습의 편이긴 마찬가지였다. 결국 벨루타는 억울한 누명을 쓰고 경찰의 구타에 의해 숨지고, 마을을 떠난 암무도 쓸쓸히 죽음을 맞는다.

이 소설 한 편으로 세계적인 명성을 얻은 아룬다티 로이는 사회운동가로 변신한다. 현재도 환경·인권·반핵 운동을 활발하게 전개하고 있다. 안타깝게도 로이는 이 소설 한 편 이외엔 작품을 발표하지 않고 있다. 아쉬운 일이다. 로이만이 쓸 수 있는 은유를 한 번 더 만나고 싶다. 이를테면 이런 문장 말이다.

"암무는 키스의 투명함에 놀랐다. 유리처럼 맑은 키스였다. 열정이나 욕망에 흐려지지 않는, 돌려받기를 요구하시 않는 키스였다."

자신이 우월하다는 근거가
빈약한 사람일수록 국가,
이념, 인종, 종교 등
자기가 지지하는 명분에
몰두하는 맹신자가 된다.

에릭 호퍼
1902~1983

집단주의의 광기를 파헤친
거리의 철학자

기차에 타고 있을 때는 기차를 볼 수 없다. 기차에 내려선 사람만이 기차의 전체 모습을 볼 수 있다. 물론 기차에 타고 있으면 안전하게 목적지를 향해 갈 수는 있다. 하지만 기차를 객관적으로 볼 수 없다는 한계가 있다. 그래서일까. 큰 깨달음은 종종 기차 레일에서 이탈한 자에게 찾아온다. 에릭 호퍼를 읽으면서 드는 생각이다. 호퍼는 떠돌이였고, 단독자였다. 이탈한 자의 전형이었다.

그는 1902년 뉴욕 브롱크스에서 가난한 독일계 이주민의 아들로 태어난다. 다섯 살 때 어머니가 죽고 일곱 살 때 시력을 잃은 호퍼는 축복 없는 소년기를 보낸다. 음악만이 그의 영감을 자극하는 도구였다. 그러다 기적 같은 일이 벌어신나. 열다섯 살에 시력이 돌아온 것이다. 그는 언제 다시 시력이 상실될지 모른다는 두려움과 단명할 것이라는 강박에 사로잡혀 미친 듯이 책을 읽기 시작한다. 엄청난 독서량으로 앉아서 천리를 내다보는 그였지만 생계는 만만치 않았다. 오렌지 행상, 사금 채취공, 웨이터 보조, 부두노동자 등을 하면서 그는 영어와 독일어로 성경에서 도스토옙스키까지 명저란 명저는 모두 외울 정도로 읽었다. 그에게 견성의 경지가 안 찾아올 리 없었다.

호퍼의 공식적인 첫 책은 부두노동자로 일하던 1951년 출간한 《맹신자들The True Believer》이었다. 책은 제2차 세계대전과 나치즘, 광신적 종교운동, 사회혁명, 공산주의, 민족주의 등 집단 차원에서 벌어지는 극단주의의 이면을 '이탈한 자의 눈'으로 놀랍게 분석해낸다.

"역사라는 놀이는 흔히 중간의 다수자들은 제쳐 놓고 최상위와 최하위 사람들에 의해 이루어진다."

"사람들은 자신이 우월하다는 근거가 빈약할수록 국가나 인종, 종교 혹은 자기가 지지하는 이념이나 명분에 몰두한다."

호퍼는 모든 유형의 집단 헌신이나 권력 의지, 단결에는 어떤 획일적인 속성이 있다고 보았다. 바로 '광신', '맹신'이다. 좌절한 사람들은 인생과 우주마저 아주 단순한 공식으로 생각하게 되고, 자신만이 진리를 소유했다는 착각에 빠지며 다른 사람들에게 배타적이 된다는 것이었다. 개인이 맹신의 길에 들어서는 과정과 대중운동의 본질을 추적한 이 책은 훗날 자살 폭탄 같은 각종 테러리즘이나 종교적·이념적 근본주의를 해석하는 데 유효한 텍스트로 활용되고 있다.

"대중운동의 성패는 그들이 만들어낸 악마가 얼마나 선명하고 생생한지에 달려 있다. 히틀러는 이렇게 말했다. 그저 추상적이지 않은, 눈에 보이는 적이 승리의 필수 조건이라고."

히틀러는 유대인이라는 악마를 발명했던 것이다. 악마를 발명한 위정자가 대중들에게 악마를 처치하면 보잘것없는 현재를 벗어날 수 있다며 장밋빛 미래를 제시할 때 대중들은 맹신자가 된다. 호퍼의 주장은 도발적이었다. 긍정적으로 평가받는 사회개혁운동까지 동일시하는 것 아니냐는 의심을 받기도 했다. 하지만 집단적 퍼포먼스 밑바닥에 깔린 인간의 본능은 분명히 존재한다. 호퍼는 옳다, 그르다를 판별했다기보다는 집단주의의 속성을 분석했을 뿐이다. 호퍼는 그 후 《영혼의 연금술》《길 위의 철학자》 등을 내면서 활동하다 1983년 세상을 떠난다. 호퍼의 말을 곱씹어보자.

"스스로 무엇인가를 할 능력이 없는 사람에게, 자유란 따분하고 번거로운 부담이다."

실제로 "자유로부터 자유롭기 위해서 나치에 참여한다"는 말을 남긴 독일 젊은이들이 있었다고 역사는 전한다.

변화시킬 수 없는 것들을
받아들이는 평온함을,
변화시킬 수 있는 것들을
변화시키는 용기를, 그리고
그 차이를 분별할 수 있는
지혜를 주소서.

라인홀드 니부어
1892~1971

윤리 아닌 힘의 역학이
집단을 움직인다

1920년대까지만 해도 프로테스탄트 철학으로 무장한 미국인들은 미래를 낙관하는 질병에 걸려 있었다. 그들은 종교나 교육을 통해 인간의 합리성이 얼마든지 고양될 수 있다고 믿었다. 양심과 자선으로 사회 모순을 해결할 수 있기 때문에 큰 비극은 일어나지 않을 것이라고 장담했다. 하지만 믿음은 오래가지 않았다.

대공황이 닥치고 유럽에서 나치가 준동하면서 그들이 그렇게 믿었던 이성은 설탕이 물에 녹듯 사라져 버렸다. 일이 이쯤 됐을 무렵 낙관론자들은 이 상황을 정밀하게 예언한 목사가 한 명 있었음을 알고 깜짝 놀란다. 라인홀드 니부어다. 니부어는 도덕적인 개인이 도덕적인 사회를 보장하지는 않는다고 주장했다. 그의 대표작 제목이 바로 '도덕적 인간과 비도덕적 사회'다.

제2차 세계대전이 터지자 미국인들은 니부어를 떠올리며 다시 한 번 무릎을 칠 수밖에 없었다. 애국심이라는 개인 감정이 국가라는 집단 광기에 담기는 순간 악마로 변질되는 걸 봤으니 그럴 만도 했다. 어떻게 도덕적 인간들이 모여 그토록 참혹하고 끔찍한 살육을 저지를 수 있었을까. 니부어는 이렇게 말했다.

"집단 간의 관계는 윤리적이기보다 힘의 역학에 의해 규정되는 정치적 관계일 뿐이다."

니부어는 현실주의 윤리학의 큰 산이다. 1892년 미국 미주리에서 태어난 그는 예일대에서 신학을 공부했다. 독일식 복음주의 선교에 투신한 그는 디트로이트에 파견돼 목회 활동을 시작한다. 니부어는 그곳에서 노동자들을 피폐하게 만드는 산업화를 지켜보며 헨리 포드식 경영을 비판하고, 당시 위세를 떨치던 인종 차별 조직, KKK단과 맞서 싸운다. 그는 왜곡된 미국의 현실을 바라보며 기독교식 낙관주의의 한계를 뼈저리게 깨닫는다.

니부어는 즉시 기독교 현실주의Christian Realism 운동을 시작한다. 그는 기독교가 유토피아 마케팅을 버려야 한다고 외쳤다. 인간 사회를 이익과 양심이 격돌하는 현장이라고 본 그는 합리적 조정의 필요성을 역설했다. 다음은 너무나도 유명한 그의 기도문이다. 이 기도문을 음미하면 니부어의 사상적 기저를 간파할 수 있다.

"하나님, 변화시킬 수 없는 것들을 받아들이는 평온함을, 변화시킬 수 있는 것들을 변화시키는 용기를, 그리고 그 차이를 분별할 수 있는 지혜를 주소서."

니부어 사상이 자리 잡고 있는 지점은 매우 절묘하다. 일종의 양비론인데, 그는 우선 특권층을 비난한다. 자신들이 누리고 있는 특권이 마치 사회 보편적 가치에 기여하고 있는 것처럼 조작하고 있다고 말한다. 동시에 프롤레타리아 계급에도 쓴소리를 한다. 도덕적 냉소주의를 버리고 비이성적 열광주의로 흐르지 말아야 한다고 꼬집는다.

그래서일까. 버락 오바마, 빌 클린턴 등 미국 위정자들은 니부어의 책을 정치학의 성서라고 떠받들어 모셨다. "미국 민주주의를 위해선 뱀의 지혜와 비둘기의 순진성이 모두 필요하다" 주장한 니부어의 말이 그들의 수첩 어딘가에 적혀 있을지도 모른다.

미국 편향, 기독교 편향이라는 비판도 있지만 니부어의 지성은 여전히 고개를 끄덕이게 만든다. 인간이 모여 만든 집단의 광기가 지금 이 순간에도 지구촌 어딘가를 불태우고 있고, 그것을 막을 길은 협상과 조정밖에 없기 때문이다.

극단적인 시대라
할지라도 변혁은 문제가
있는 부분에 한정해야
한다. 그리고 그 변혁은
시민적 · 정치적 집합체를
분해해 버리는 일 없이
이루어져야 한다.

에드먼드 버크
1729~1797

경험 따른 신중한 변화 중시한
보수의 품격

한국에서는 '보수'라는 단어가 심하게 오염되어 있지만, 사실 보수는 정치적 방향성을 의미하는 말에 가깝다. 이 기준으로 보면 보수는 급진주의의 반대 개념이다. 천천히 신중하게 가자는 주장이 곧 보수다. 이 대목에서 우리가 떠올려야 하는 인물이 에드먼드 버크다. 버크는 말 그대로 '보수의 품격'이자 정신인 사람이다.

"무기를 들어라 시민들이여! 너희의 군대를 만들어라. 나아가자! 더러운 피를 물처럼 흐르게 하자."

1789년 파리의 어느 날 밤, 시민들이 모여 "라 마르세예즈"를 외치며 혁명의 깃발을 들었다. 위대한 일이었다. 인권선언문이 낭독됐고 왕과 귀족들은 민중 앞에 무릎을 꿇었다. 민중이 승리를 거둔 역사적 대사건이 일어난 것이다. 이 소식을 전해 들은 아일랜드 태생의 영국 정치가 에드먼드 버크는 〈프랑스 혁명에 관한 성찰〉이라는 서한을 쓴다. 그는 서한에서 프랑스 혁명에 우려를 표현다. 미국 독립을 적극적으로 지지했던 그는 왜 프랑스 혁명에는 물음표를 달았을까?

"진정 이 일은 역설적이고 기이합니다. 그 정신은 찬양하지 않을 수 없지만, 파리 사람들이 표출한 낡아 빠진 폭력성ferocity 은 놀랍습니다. …중략… 만약 이것이 사건이 아니라 파리 사람들의 기질이라면 프랑스 대중들은 자유에 적합하지 않습니다."

버크는 보수주의자였지만 대중의 집단 저항에 무조건적인 반감을 가진 사람은 아니었다. 그는 미국 식민지의 자유를 외쳤고, 정부의 독재에 반대했다. 그가 정치권에 이름을 알리게 된 계기도 국왕 조지 3세에 대한 권력 남용을 신랄하게 비판하면서부터였다. 하지만 버크는 프랑스 혁명에서는 좋지 않은 냄새를 맡았다. 버크의 우려는 현실이 됐다. 혁명의 영광 이면에는 음모와 살인, 잔혹한 숙청이 난무했고 결국은 공포정치를 가져왔다. 자유와 평등을 부르짖으며 시작한 혁명이 또 다른 억압과 공포를 가져온 것이다.

영국 혈통으로 아일랜드에서 태어나 온갖 사회적 갈등을 지켜보면서 자란 버크는 파국이 뻔히 보이는 낭만적인 급진론에 염증을 느끼고 있었다. 그는 인간은 불완전하다고 전제했다. 인간은 실수를 할 수 있고, 감정에 휘둘리며 잘못된 판단을 한다.

급진적인 순간일수록 이런 오류가 많이 드러날 수밖에 없다는 게 버크의 생각이었다. 그는 신중한 지도자가 국민에게 아첨하는 지도자에게 패배할 수밖에 없는 구조를 한탄했다. 버크는 철저히 경험론과 합리론으로 무장한 사람이었다. 그는 추상적 설계보다 경험과 법률에 의거한 신중한 변화를 주장했다.

"극단적인 시대라 할지라도 변혁은 문제가 있는 부분에만 한정해야 한다. 그리고 그 변혁은 시민적·정치적 집합체를 분해해 버리는 일 없이 이뤄져야 한다."

훗날 복고주의자들이나 냉전주의자들이 버크의 이론을 특효약처럼 악용하기도 했지만, 버크가 정리한 보수의 정신은 시간이 지날수록 빛을 발한다.

한국에서 보수는 때 묻은 단어다. 의무를 저버린 채 사익을 추구한 세력, 지역 감정을 조장하고 개발에 따른 부와 기회를 독점한 세력, 인권 탄압에 가담한 세력. 이들이 보수라는 브랜드를 걸치면서 한국에서 제대로 된 보수와 진보의 대결은 태어나지도 못한 채 사라져 버렸다. 대결이 없으니 진보 역시 수구화되는 건 어쩌면 당연한 귀결이다. 한국에서 보수의 품격과 진보의 참신함을 볼 수 있는 날이 올까. 요원한 일이다.

나는 타인들의 기대대로 살지 않는다.
내가 타인들이 원했던 것을 성취해주지
못했다면 그것은 그들의 실패지,
나의 실패는 아니다.

리처드 파인만
1918~1988

권위주의가 과학을
바꿔선 안 된다

"아침에 전화해도 되잖소."

1965년 가을. 노벨물리학상 수상 소감을 묻기 위해 꼭두새벽에 전화를 한 기자에게 리처드 파인만은 이렇게 쏘아붙였다. 리처드 파인만은 평생 권위를 거부한 채 마음이 시키는 대로 살았던 것으로 유명하다. 청바지를 입고 강의하기를 좋아했던 그는 과학이 권위의 그늘에서 시들어 가는 것을 원하지 않았다. 그는 과학이 국가 소유물이 되거나 유령 같은 상아탑에 갇혀 있어서는 안 된다고 생각했다. 과학을 인류 모두를 위해 끄집어내는 것, 그것이 파인만의 목표였다.

이런 일화가 있다. 1986년 우주왕복선 챌린저호가 발사 직후 폭발해 7명이 사망하는 사고가 발생했다. 사고 원인을 규명하기 위해 구성된 위원회에 파인만이 외부 과학자로 참여하게 됐다. 얼마 안 가 파인만은 미국 항공우주국NASA 현장 기술자들과 우주사업을 주관하는 관료들 생각이 너무나 다르다는 사실을 알게 된다. 현장 기술자들은 챌린저호 사고 확률이 100분의 1 정도라고 했다. 사고가 일어날 수 있다고 인정한 것이다. 하지만 관료들은 1000분의 1, 즉 사고 확률이 거의 없다고 떠들고 있었다. 이 엄청난 차이는 국가라는 권위가 만들어낸 것이었다. 명분에 길들여진 NASA 관료들은 현장을 왜곡했다. 자국의 최첨단 과학을 자랑하기 위해, 세금을 내는 국민을 안심시키기 위해, 책임지지 않기 위해 유리한 정보만을 취합하는 습관이 있었던 것이다. 그 결과 전혀 현실성 없는 확률이 만들어졌다.

파인만은 냉정한 보고서를 통해 부정확한 권위가 얼마나 위험한 일인가를 조목조목 비판했다. 비록 재원을 조달하기 어렵고 국민 불안감이 커지더라도 과학은 그것을 감춰서는 안 된다는 게 파인만의 생각이었다. '당장은 우주왕복선을 쏘아 올리지 못하더라도 사고 확률을 인정하고 해결하는 순수한 노력이 진정한 과학'이라는 그의 지적은 당시 미국 사회 전반에 큰 반향을 불러일으켰다. 과학은 결코 권위의 시녀가 될 수 없기 때문이다.

파인만은 어린 시절 정답 찾기에 연연하기보다는 질문을 통해 사색하는 방법을 가정교육으로 배웠다. 유대인이었지만 유대교 격식을 거부했던 아버지는 파인만에게 틀을 넘어서는 용기를 심어줬다. 물리학을 도표로 만든 파인만 다이어그램 같은 기발한 상상력은 이런 성장 과정 속에서 뿌리를 내린 것이다. 파인만의 힘은 '자성自省'에서 나왔다. 그는 남의 눈을 의식하지 않은 채 끊임없이 자기 자신에게 자문했다. 어떤 것이 진정 내가 원하는 것인지, 나는 실제로 무엇을 할 수 있는지, 내 마음속에서 외치는 진실은 무엇인지. 이런 것들이 그의 화두였다.

"사람들은 나에게 어떤 것을 성취해 주기를 기대한다. 하지만 나는 그들의 기대대로 살 필요가 없다. 나에게는 그럴 의무가 전혀 없다. 타인이 원하는 것을 성취해주지 못한 것은 내 실패가 아니라 그들의 실패다."

자기성찰로 무장한 그에게 권위나 명분은 의미가 없었다. 인간이 만든 이론 가운데 가장 정확하다는 평가를 받는 양자전기역학을 만들어낸 그의 정확성은 다름 아닌 권위와의 전쟁에서 탄생했다. 그는 쓸데없는 권위가 과학의 결과마저 바꿔버리는 독이 될 수 있다는 사실을 잘 알고 있었으며 자신이 진행하는 연구가 진실만을 위한 것인지 끊임없이 스스로에게 되물었다.

그렇다. 과학은 그 자체만으로 모든 것이어야 한다. 예술이나 학문도 마찬가지다. 그렇지 않다면 그것은 일종의 위험한 사기일 수 있다.

슬픔은 순수하다.
외롭다거나 삶을 새롭게
꾸미겠다거나 하는 결심
따위와 상관없는 게
슬픔이다. 슬픔은 깊게
패인 고랑일 뿐이다.

롤랑 바르트
1915~1980

애도의 방식도
이데올로기의 산물이다

드라마에 가족들의 저녁식사 모습이 나온다. 어머니는 앞치마를 두르고 분주히 음식을 나른다. 신문을 펼쳐 보던 아버지는 "식사하세요"라는 어머니의 말을 듣고 그제서야 식탁에 와서 앉는다. 익숙한 유아용품 광고도 생각해보자. 유아용품 광고에서 사용자로 나오는 사람은 늘 여성이다. 남자가 분유나 기저귀 광고에 사용자로 나오는 경우는 없다.

우리 두뇌는 이 드라마나 광고를 아무 문제없이 당연하게 받아들인다. 과연 당연한 걸까? 남자가 요리를 하면 안 되는 걸까? 아버지는 아이에게 분유를 먹이고 기저귀를 갈아줄 의무에서 빗이난 자유로운 존재인 걸까?

이 의문에 롤랑 바르트가 답을 한다. 광고나 드라마에도 계급과 이데올로기가 숨겨져 있다는 것이 바르트가 내린 답이다. 바르트는 대중문화도 일종의 신화로 분류한다. 사람들은 광고나 드라마가 보여주는 이데올로기를 신화를 읽듯이 받아들인다. 이야기이기 때문이다. 하지만 그 이야기에는 은폐된 동기가 있다. 권력의 합리화든 남성 우월이든 신화 속에는 반드시 이데올로기가 숨어 있다는 것이 바르트의 주장이다.

프랑스의 구조주의 철학자인 롤랑 바르트는 죽음이라는 신화에도 문제를 제기한다. 사회가 죽음마저도 코드화했다는 게 그의 생각이다. 바르트가 쓴 《애도일기》를 보자.

"모든 현명한 사회들은 슬픔이 어떻게 밖으로 드러나야 하는지를 미리 정해서 코드화했다. 우리 사회가 안고 있는 패악은 죽음을 인정하지 않는다는 것이다…. 누구나 자기만이 알고 있는 아픔의 리듬이 있다."

사람마다 죽음을 대하는 자세와 슬픔에서 벗어나는 나름의 리듬을 갖고 있는데, 사회가 그것마저 공식화했다는 것이다.

바르트의 《애도일기》는 그가 사랑하는 어머니의 죽음을 맞닥뜨린 날로부터 2년간의 기록을 모은 것이다. 바르트는 어머니가 사망한 1977년 10월 25일부터 일기를 쓰기 시작한다. 노트를 사등분해서 만든 작은 쪽지에 때로는 연필로, 때로는 잉크로 일기를 썼다. 그는 쪽지들을 세상에 내놓지 않고 작은 상자에 모아두었다. 1980년 2월 25일 바르트가 당시 사회당 당수였던 프랑수아 미테랑과 점심식사를 한 뒤 길을 건너다 트럭에 치이는 사고로 사망한 뒤에도 쪽지는 공개되지 않았다. 쪽지가 세상에 나온 건 30년이 흐른 2009년이었다. 쇠유출판사가 국립문서보관소에 있던 상자를 개봉하고 쪽지들을 편집해 책으로 펴냈다.

이렇게 세상에 나온 《애도일기》에는 바르트의 치밀하면서도 감성적인 죽음을 대하는 자세가 드러나 있다.

"시간이 지나면 슬픔이 나아진다고? 아니다. 시간은 그저 슬픔을 받아들이는 예민함만을 사라지게 할 뿐이다. 예민함은 지나가지만 슬픔은 늘 제자리다."

바르트는 슬픔을 벗어나려고 하지 말고 인정해야 한다고 말한다. 어차피 슬픔은 무엇으로도 메꾸기 힘든, '패인 고랑'이므로.

"슬픔은 순수하다. 삶을 새롭게 꾸미겠다거나 하는 결심 따위와 상관없는 게 슬픔이다. 사랑의 관계가 끊어져 벌어지고 패인 고랑이다."

형식에 기대지 않고 내 마음에 패인 고랑을 있는 그대로 인정하는 것, 그것이 진정한 애도일 것이다.

급류 옆에서 굽힐 줄 아는
나무들은 그 가지들을
온전히 보존하지만,
반항하는 나무들은 뿌리째
넘어지고 말지요.

소포클레스
BC496~BC406

뭐든 할 수 있다고
믿을수록 무력해진다

한때 HP를 이끌었던 여성 기업인 칼리 피오리나는 한 해가 지나갈 때마다 희곡 〈안티고네〉를 다시 꺼내 읽으며 반성했다고 한다.

'내가 리더십의 함정에 빠지지는 않았는가, 권력이 가져다준 딜레마를 잘 극복했는가?'

이런 물음에 대한 정답을 피오리나는 〈안티고네〉에서 찾았던 것이다. 소포클레스의 희곡 〈안티고네〉는 힘과 도덕의 긴장 상태를, 그 최전선의 딜레마를 상징적으로 보여준다. 너무나 유명한 이야기지만 줄거리를 잠시 떠올려보자.

주인공은 오이디푸스의 딸이자 테베의 공주인 안티고네다. 테베의 새 통치자가 된 숙부 크레온은 권력 다툼을 벌이나 죽은 안티고네의 오빠 폴리네이케스의 장례를 금지한다. 외세의 힘을 끌어들였다는 이유로 그를 배신자로 낙인 찍고 시신을 매장조차 못하게 한다. 크레온의 판결이 천륜에 어긋난다고 생각한 안티고네는 오빠의 시신을 거두어 장례를 치르려 한다. 그러자 크레온은 안티고네를 붙잡아 동굴에 가두고 굶겨 죽이는 형벌을 내린다.

스토리는 간단하지만 그 과정에서 벌어지는 숙부 크레온과 조카 안티고네의 논쟁, 주변 인물들의 입장과 의견 등은 권력의 속성을 다시 한번 생각하게 해주는 좋은 리트머스 시험지 역할을 한다. 크레온은 점점 고집스러워진다. 도시의 장로들도, 예언자 테이레시아스도 안티고네에 대한 판결 번복을 요구했지만 크레온은 자신의 판단이 옳았다며 고집을 꺾지 않는다. 크레온의 아들인 하이몬마저 테베의 시민들은 안티고네 편이라며 설득에 나섰다. 하이몬은 이런 말로 아버지를 설득한다.

"겨울철 급류 옆에서 굽힐 줄 아는 나무들은 그 가지들을 온전히 보존하지만, 반항하는 나무들은 뿌리째 넘어지고 말지요. 마찬가지로 돛줄을 당기기만 하고 늦추지 않는 사람은 배와 함께 넘어지게 되지요."

하지만 크레온은 요지부동이다. 크레온에게는 권력의 존재가치에 대한 성찰이 없었다. 다음 대사를 보자.

처형을 눈앞에 둔 안티고네가 묻는다.

"저를 잡아서 처형하는 것 외에 원하는 것이 있습니까?"

크레온이 대답한다.

"아무것도 없다."

이쯤 되면 광기다. 처형 자체가 목적이 됐으니 말이다.

한 편의 희곡을 통해 막 싹트기 시작한 그리스 민주주의에 묵직한 질문을 던진 소포클레스는 BC 495년경 아테네 근교에서 부유한 무기 상인의 아들로 태어났다. 최고 수준의 교육을 받은 그는 비극의 대가 아이스킬로스를 사사해 작가로 인기를 얻는다. BC 480년경 유명한 살라미스 해전 승전 축제 때 현장 감독을 맡으며 그리스 3대 비극 작가 반열에 오른다.

소포클레스는 정치가이기도 했다. 그는 델로스 동맹 재무장관, 아테네 국가 최고위원 등을 지냈다. 그래서일까. 그의 희곡에는 권력, 정치, 도덕, 정의, 진실 등 사회성이 밑바탕에 깔려 있는 경우가 많다. 〈아이아스〉〈오이디푸스왕〉〈엘렉트라〉〈트라키스의 여인들〉 등이 대표적이다. 흥미로운 것은 소포클레스가 했던 2500년 전의 고민이 지금도 구태의연하지 않다는 것이다.

"내가 도대체 무슨 법을 어겼다는 거죠? 경건한 행동을 했다는 이유로 불경한 자가 된다는 것이 말이 되나요. 이것이 신의 뜻이라면 나는 고통을 당할게요…. 불쌍한 크레온. 무엇이든 할 수 있다고 믿고 사는 당신은 오히려 무력한 사람이에요."

자리는 적은데 사람만 뽑아 혼란을 만들고
모든 사람이 부귀에 미쳐 평생을 소모하는
일이 흔하다. 종국에 벼슬을 얻으면
탐관오리가 되어 백성을 갉아먹는다.

성호 이익
1681~1763

재물은 하늘이 내리지 않고
백성이 만든다

유배지에서 태어난 소년에게 기회는 주어지지 않았다. 소년은
대사헌을 지낸 아버지가 잘나가던 시절 모아놓은 책을 읽으며
세상을 꿰뚫어 보는 법을 배웠지만 그걸로 끝이었다. 과거시험
을 볼 수도 없었다. 몰래 초시에 합격하고 회시를 보러 갔지만
이름을 기재하자마자 응시자격을 박탈당했다. 귀양살이에 지
친 아버지가 죽고 형마저 정권에 의해 죽임을 당하자 소년의 눈
은 멀리 서쪽을 향한다. 그는 그렇게 유럽 대륙에서 흘러온, 서
학西學이라 불리던 신문명을 만난다.

　실학자 성호 이익李瀷 이야기다. 이익은 불운한 천재였다. 앞
아서 천 리를 내다봤지만 그가 날개를 펴기에는 시대가 좋지 않
았고, 땅이 너무 좁았다. 그저 읽고, 쓰고, 도반들과 토론하는
것이 그의 유일한 기쁨이었다. 이익의 이름과 함께 늘 거론되는
《성호사설星湖僿說》은 그의 학풍과 해박함이 집대성된 책이다.
이익은 스스로 이 책을 매우 낮춰서 말하곤 했는데, 그래서 제

목을 '사설', 즉 자질구레한 이야기라고 지은 듯하다.

"처음에는 잊지 않기 위해 기록해 뒀는데 나중에 그대로 배열해보니 두루 열람할 수가 없었다. 그래서 다시 부문별로 분류하고 그 이름을 사설이라 붙였다. 아무리 흔한 똥 무더기나 흙덩어리도 거름이 되어 곡식을 기를 수 있는 것 아니겠는가."

스스로 똥 무더기라 칭한 《성호사설》은 일종의 백과사전이자 인물평전이며, 세태 비평서이자 정책 제안서이고 역사책이다. 다룬 분야도 엄청나다. 천문, 지리, 농업, 목축에서부터 화폐, 도량형 등 경제 문제는 물론 정치 제도, 인물과 사건, 서평까지 거의 다루지 않은 분야가 없다. 내용은 세계적이고 개혁적이다.

"한 번 종이 되면 천만 년이 가도 그 신세를 면치 못하고, 학대와 고통은 천하고금을 막론하고 유례가 없을 정도"라며 노비제 폐지를 주장했고, 과거제도 개혁을 외쳤다.

"자리는 적은데 사람만 뽑아 혼란을 만들고 모든 사람이 부귀에 미쳐 과거科擧를 보려고 평생을 소모하는 일이 흔하다. 종국에 벼슬을 얻으면 부귀를 누리기 위해 탐관오리가 되어 백성을 갉아먹으니 과거처럼 나쁜 것이 없다."

그는 국가 부흥을 위한 경제 개혁을 주장했다. 양반도 생산에 참여해야 한다고 역설했다. 또 개인의 토지 소유 상한선을 정해 백성의 토지 소유를 늘려 생산성을 높이고 양극화를 줄여야 한다고 주장했다.

"대저 재물은 하늘이 내려주는 것이 아니라 백성의 노력으로 생산되는 것이고, 백성이 부유하면 나라도 부유해지는 것이다. 그러므로 군자가 백성을 다스림에 있어 그들을 이끌어 가난에서 벗어나도록 해야 한다."

음주와 흡연의 폐해를 조목조목 지적하고 심지어 동물 생명권에 대해서도 거론한다.

이익은 한국 근대사에 결정적 역할을 한다. 천주교 전래에 물꼬를 열어준 주인공이 그다. 한국 천주교는 사람이 아닌 책에 의해 전파되어 자생적으로 뿌리를 내린 특이한 역사를 지니고 있다. 결정적인 역할을 한 책이 마테오 리치의 《천주실의》다. 이 《천주실의》 발문을 쓴 사람이 바로 이익이다. 성호학파라고 불리는 그의 후학들은 천주교를 학문으로만 인정하는 공서파와 신앙으로도 인정하는 신서파로 나뉘었는데, 이 중 신서파인 권철신, 이승훈, 이가환, 정약종, 이벽 등이 순교하면서 한국 천주교는 이 땅에 묵직한 뿌리를 내리게 된다.

이익은 세상 모든 것을 알고 싶어 했던 천재였다. 그의 불운은 역설적이게도 껍데기만 남았던 조선에 한 줄기 빛이 됐다.

인간은 실현 불가능한
희망으로 들뜬 불안한
삶을 원치 않습니다.
밤하늘의 별 아래
느릿느릿하게 흘러가는
조용한 삶이면
만족합니다.

막심 고리키
1868~1936

인간은 꺾이지 않는다 외친 휴머니스트

"그는 새의 모든 것에 대해서 알고 있었다. 어떤 조류학자보다도 나았다. 어느 날 어떤 새가 바닷가 갈대 사이를 날아다니고 있었다. 곧바로 그는 내게 새의 이름이며 그 새의 생태에 대한 이야기를 하기 시작했다."

"그는 모닥불을 무척이나 좋아했다. 유배 생활을 해야 했던 소렌토에서는 오렌지나무 가지를 모았고, 모스크바 근처에 살 때는 자작나무나 포플러 가지를 모았다."

이 글은 누구에 관한 술회일까? 섬세하고 유약한 어느 낭만 시인에 관한 이야기일까? 아니다. 글에서 묘사하고 있는 인물은 막심 고리키다. 러시아 사회주의 리얼리즘을 대표하는 강철 같은 작가 고리기 말이다. 고리키의 연인 마리야 부드베르그는 고리키를 천진난만하고 정 많은 사람으로 기억한다.

사실 고리키는 목표를 향해 질주하는 사회주의 리얼리스트라기보다는 따뜻한 휴머니스트에 가까운 인물이었다. 그는 봉건

차르인 로마노프 왕가와 스탈린 양쪽 모두에게 버림받은 사람이었다. 얼마 전 국내에서 출간된 책 《가난한 사람들》에는 그의 휴머니스트적인 면모가 잘 드러나 있다. 이 책에서 고리키는 인간을 진보의 도구로 보지 않는다. 그는 부족한 것 투성인 인간 자체를 경외의 대상으로 볼 뿐이다. "바보들조차 자기만의 방식으로 어리석고, 게으름뱅이조차 쓸 만한 자기만의 재능을 가지고 있다"고 말하면서 인간이 얼마나 집요하고 꺾이지 않는 존재인지 놀랍다고 적었다.

"인간은 희망으로 들뜬 불안한 삶을 원치 않습니다. 밤하늘의 별 아래 느릿느릿 흘러가는 조용한 삶이면 족합니다. 잠시 살다 갈 뿐인 사람들에게 실현 불가능한 희망을 불러일으키는 것은 그들을 뒤죽박죽으로 만드는 것입니다. 공산주의가 뭘 해줄 수 있겠습니까."

고리키는 소비에트의 상징적 인물로 남았지만 그것은 겉으로 드러난 면모일 뿐이다. 고리키는 1899년 단편 모음집 《기록과 소설》, 희곡 〈소시민〉 등을 통해 러시아 민중의 고통을 그리기 시작한다. 이때부터 그와 세상의 불화는 시작된다. 혁명운동에 가담했다는 이유로 차르 정권에 체포된 것이다. 톨스토이와 안톤 체호프의 구명 운동으로 겨우 석방된 그는 아카데미 명예회

원 자격을 박탈당한다. 차르의 탄압이 계속되자 고리키는 이탈리아로 가서 사회주의 리얼리즘의 모델이라 불리는 소설 《어머니》를 발표한다.

1913년 대사면으로 귀국한 그는 레닌을 만나 볼셰비키 혁명을 지원한다. 하지만 그 과격성에 염증을 느끼고는 잡지에 레닌을 비판하는 글을 발표한다. 이로 인해 레닌과 척을 지게 되고 숙청 대상자에 오른다. 고리키는 또다시 이탈리아 망명길에 오른다. 고리키가 이탈리아에 머무는 동안 스탈린이 정권을 잡는다. 스탈린은 정권의 정통성 확보를 위해 고리키의 귀국을 종용하고 향수병에 지친 고리키는 이에 응한다. 스탈린은 대대적인 환영행사를 열고, 고리키를 작가동맹 위원장에 앉히지만 이것은 포장일 뿐이었다. 가택 연금과 출국 금지 조치도 함께 내린 것이다. 고리키는 1936년 침실에서 죽은 채 발견된다. 스탈린이 직접 장례식에서 그의 관을 떠메는 쇼까지 했지만 지금까지도 독살설이 유력하다. 고리키는 '인민들이 가진 곡예같이 복잡한 삶이 예술가에게는 가장 보람된 소재'라고 생각한 휴머니즘의 대부였다.

그의 본명은 '알렉세이 막시모비치 페시코프'다. 고리키는 필명이었다. 고리키는 '고통 받는 자'라는 뜻이다.

감히 그리움을 앞세울 수가 없었다.
머릿속에 항상 똑같은 장면이 돌아가고,
세상과의 격리가 익숙해지면
그리움은 이미 기억이 됐다.

헤르타 밀러
1953~

아름다운 문장으로
강제수용소 비판한 노벨상 작가

노벨문학상 시상식장에서 헤르타 뮐러는 청중에게 물었다.

"여러분은 손수건을 가지고 있나요?"

뮐러는 왜 이렇게 물었을까? 답은 그녀의 수상작 《숨그네 *At-emschaukel*》에 있다. 소설 《숨그네》에는 구소련 수용소에 끌려간 17세 소년 레오가 근처 마을로 몰래 구걸을 하러 나가는 장면이 나온다.

레오는 어느 허름한 집 문을 두드린다. 문을 열고 나온 노파는 집으로 들어오라고 한다. 노파는 시베리아 수용소에 있는 비슷한 또래 아들이 생각난다며 따뜻한 감자 수프를 준다. 허겁지겁 수프를 삼키는 레오의 코에서 콧물이 떨어지자 노파는 하얀 손수건을 준다. 레오는 콧물을 닦지 않고 손수선을 그대로 가지고 나온다. 하얀 손수건은 레오의 희망이 된다. 그는 무슨 상황에서도 손수건을 지키고, 그 손수건을 들고 5년 후 고향으로 돌아온다. 극한의 비인간적 상황에서 손수건은 유일하게 인간을 느끼게 해주는 물건이었던 것이다. 2009년 노벨상을 수상한 헤르타 뮐러의 《숨그네》는 개성 넘치는 작품이다. 무엇보다 소설에 등장하는 상징과 묘사가 매우 시적이고 아름답다. 수용소 문학이 이렇게 시적인 문장으로 쓰여도 되나 싶은 정도다. 가장 혐오스러운 상황을 미학으로 승화한 그녀였다.

"감히 그리움을 앞세울 수가 없었다. 머릿속에 항상 똑같은 장면이 돌아가고, 세상과의 격리가 익숙해지면 그리움은 이미 기억이 됐다."

제목 '숨그네'는 '숨'과 '그네'의 합성어로, 독일어 사전에도 나오지 않는, 소설 속에서도 설명해주지 않는 말이다. 뮐러가 만든 신조어로 말을 삼키는 행위, 즉 침묵의 의미로 받아들여진다.

독일의 패배로 제2차 세계대전이 끝난 1945년, 루마니아에 살던 독일계 주민들은 독일 피가 섞였다는 이유로 구소련 강제 노동수용소로 끌려간다. 레오의 눈에 비친 수용소의 삶과 죽음을 상징적으로 그려낸다. 혹독한 추위와 거친 노동 속에서 사람들은 자신이 인간임을 잊어간다. 수치심도, 나이도, 성별도 잊은 채 유령처럼 산다. 가장 절망적인 것은 배고픔이다.

"배고픈 천사는 제가 이미 훔쳐간 살마저도 희롱하며 점점 더 많은 이와 벼룩을 침대로 데려왔다. 뼈와 가죽의 시간은 매주 한 번 작업이 끝난 후 수용소 마당에 줄을 서서 이를 잡는 시간이기도 했다."

5년이 지난 어느 날 레오는 '뼈와 가죽의 시간'에서 벗어나 집으로 돌아오지만 그는 이미 가족에게조차 낯선, 사람이었다. 그는 이미 수용소에 끌려가기 전 레오로 돌아갈 수 없었다. 결국 그는 오스트리아로 망명하기 위해 혼자 길을 나선다.

"나는 내 안에 갇혀 있었고 나에게서 내동댕이쳐졌다."

이 작품은 뮐러의 가족사와 무관하지 않다. 그는 1953년 루마니아의 독일계 가정에서 태어났다. 소설의 이야기는 바로 뮐러의 부모 세대가 직접 겪은 비극인 것이다. 티미쇼아라대학에서 문학을 전공한 뮐러는 차우세스쿠 독재정권에 저항하면서 《저지대》라는 작품을 써낸다. 출간 즉시 이 작품이 금서로 묶이고 비밀경찰의 압박이 심해지자 뮐러는 독일로 망명한다. 망명 후 《마음짐승》《그때 이미 여우는 사냥꾼이었다》 등 작품을 발표하면서 주목받았다. 뮐러는 짐승의 시간들을 지독하게 아름다운 문장으로 완성한 시대의 장인이었다.

"우리는 시멘트가 원하는 대로 산다. 시멘트는 절도범이다. 우리가 시멘트를 훔치는 것이 아니라. 시멘트가 우리를 훔쳐갔다. 시멘트는 간교하다."

4

유한한 시대와
무한한 나

타인의 지배에 놓여 있는 일상세계
로부터 떨어져 나온 유한하고 고독
한 세계, 그곳이야말로 본래 우리의
세계이며 우리는 그곳에서 비로소
존재 의미를 찾을 수 있다.

모든 빛에는
그림자가 있다.
새벽과 황혼, 전쟁과
평화, 상승과 몰락을
경험한 자만이
진정으로 살았다고
말할 수 있는 것이다.

슈테판 츠바이크
1881~1942

20세기 유럽의 풍요와 몰락을
모두 기록한 작가

지금 지구에 사는 우리는 나름 태평한 시대를 살았다. 고령의 어르신들을 빼고는 대체로 그렇다. 적어도 우리는 거리가 시체로 넘쳐 나는 광경을 보지 않았고, 말 한마디 때문에 생과 사가 나뉘고, 며칠을 굶고 추위에 떨며 피난길에 올라야 하는 극한에 내몰린 적도 없다. 이역만리 타국으로 끌려가지도 않았고, 주권을 잃은 나라에서 비굴한 선택에 내몰려본 적도 없다.

하지만 우리는 그 시대를 참 쉽게 말한다. 다시는 그런 야만이 오지 않을 거라고 자신한다. 오만이고 오류다. 나는 슈테판 츠바이크가 회고록 《어제의 세계》에서 했던 말을 떠올린다.

"모든 빛에는 그림자가 있다. 그러므로 새벽과 황혼, 전쟁과 평화, 상승과 몰락을 경험한 자만이 진정으로 살았다고 말할 수 있는 것이다."

츠바이크가 청년기를 보낸 20세기 초반 유럽은 가능성의 세계였다. 인간의 지성은 봉건적 압제를 물리치고 자유를 누리고 있었고, 테크놀로지는 인류 사상 최고의 풍요를 가져다주었다. 문화와 예술은 융성했고, 개방을 경험한 유럽인들은 세계주의자들이 되어 가고 있었다. 사람들은 누구에게나 열려 있는 듯 보였고, 누구와도 친구가 될 수 있었다.

하지만 이 모든 것들을 '어제의 세계'로 돌려 버리는 데는 총성 한 방이면 충분했다. 1914년 오스트리아 황태자 부부가 사라예보에서 세르비아 청년에게 저격당하는 순간 세계는 격랑으로 빠져든다. 오스트리아 빈의 유복한 유대인 집안에서 태어난 츠바이크는 모든 좋은 일이 가능한 것처럼 보였던 풍요의 시대가 하루아침에 지옥으로 변하는 것을 지켜본다. 그는 이 지옥을 섬세한 눈으로 증언하기 시작한다. 이성에 맞는 단 하나의 이유, 단 하나의 동기도 찾을 수 없었던 미친 시대를 기록으로 남기는 것이 그가 할 수 있는 유일한 일이었다. 《어제의 세계》는 설마 했던 전쟁이 왜 일어나서, 이성의 눈으로는 도저히 이해할 수 없는 지옥을 어떻게 완성해 가는지를 보여준다.

"파국이 찾아오는 것이 보였다…. 나에게는 유럽이 스스로의 광기에 의해 죽음을 선고받은 것처럼 보였다. 우리의 성스러운 고향, 문명의 요람이며 파르테논이었던 유럽이…."

책을 쓰면서 츠바이크는 실낱같은 희망을 가지고 있었다. 그는 지옥을 경험한 인류가 무엇인가 교훈을 얻기를 기대했다.

"오늘을 사는 우리 모두는 과거의 가장 현명했던 사람보다도 현실에 대해 천 배는 많이 알고 있다. 우리는 거저 주어지는 것은 아무것도 없다는 것을 알고 있다. 우리는 그 대가를 완전히 치렀다."

과연 대가를 치른 인류는 현명해졌을까? 슬프게도 인류는 달라지지 않았다. 제1차 세계대전은 끝났지만 유럽은 또 다른 광기에 빠져든다. 민족주의와 파시즘이다. 츠바이크는 히틀러가 유대인이자 전쟁 반대론자였던 자신의 저서를 불질러 버리자 그토록 사랑했던 빈을 떠난다. 영국과 미국을 떠돌다 브라질에 정착한 그는 태평양까지 번진 제2차 세계대전의 화마를 보며 모든 희망을 접는다. 1942년, 츠바이크는 아내와 동반 자살해 시대와 이별을 고한다.

"내 친구들이 이 길고 어두운 밤 뒤에 마침내 아침 햇살이 떠오르는 것을 보기를 빕니다. 나는… 이 성급한 사나이는 먼저 떠나겠습니다."

어두운 밤은 과연 지나갔을까? 정말 지나간 일일까? 나는 이 질문에 답할 자신이 없다.

나는 혼자서 아무것도
가진 것 없이 낯선 도시에
도착하는 것을 수없이
꿈꾸어 보았다. 그렇게 되면
무엇보다 '비밀'을 간직할 수
있을 것 같았다.

장 그르니에
1898~1971

알베르 카뮈의 영적 스승이
발견한 생의 비밀

"마음에 든 대목은 연필로 표시를 해 놓았다. 작품을 읽을 수 있어서 기뻤다."

"제 작품이 선생님 마음에 들었다니 기쁩니다. 저도 언젠가 선생님 수준에 오르고 싶습니다."

1930년. 프랑스 식민지였던 알제리의 수도, 알제Alger 빈민가에 있는 한 고등학교에서 스승과 제자가 만난다. 뛰어난 철학자였지만 생계 때문에 교사 일을 해야 했던 스승은 회의주의자였고, 폐결핵과 무릎 통증으로 축구선수를 포기한 제자는 실의에 빠진 반항아였다. 서른네 살의 스승은 열일곱 살 제자에게 글쓰기를 제안했다. 그날부터 두 사람의 문학적 소통이 시작됐다. 둘은 서로에게 때로는 동지로, 때로는 견제자로 평생을 교유했다. 스승은 장 그르니에, 제자는 알베르 카뮈다.

장 그르니에는 '카뮈의 철학교사'라는 별칭만으로 세상에 알려지기에는 좀 아까운 사람이다. 장 그르니에는 파리에서 태어나 브르타뉴에서 청소년기를 보내고 1922년 철학교원자격시험에 통과해 스승으로서의 이력을 시작한다. 젊은 시절 알제, 나폴리, 카이로, 파리 등지를 돌아다니며 철학을 가르치는 교사였고, 중년 이후에는 소르본대학 미학·예술학 교수를 지냈다. 그는 뛰어난 저술가이자 잡지 편집자이기도 했는데 〈코뫼디아〉〈프뢰브〉〈철학들〉〈남부수첩〉 등 그가 관여한 잡지는 당시 프랑스 지성의 상징물이었다. 장 그르니에의 글은 독창적인 감수성으로 유명하다. 한국에서 가장 널리 읽힌 책은 산문집 《섬》이다. 이 책에는 알베르 카뮈가 쓴 발문이 들어 있다.

"길거리에서 이 조그만 책을 펼치고, 그 첫 줄을 읽다 말고는 다시 접어 가슴에 꼭 껴안고, 마침내 아무도 보는 이 없는 곳에 가서 미친 듯이 읽고 싶다. 오늘 처음으로 '섬'을 펼쳐보는 낯모르는 젊은이를 뜨거운 마음으로 부러워한다."

카뮈가 헌사를 바친 산문집 《섬》은 8편의 철학적 에세이로 이루어진 책이다. 지적이고 신비스럽지만 거창하고 난해한 이야기를 늘어놓지는 않는다. 한 마리 개의 죽음, 작은 해변도시 꽃이 가득 피어있는 테라스, 지중해 해변가의 무덤 같은 것들이 글의 소재다. 장 그르니에는 평범하고 일상적인 것들에서 생의 비밀을 발견한다.

"나는 혼자서 아무것도 가진 것 없이, 낯선 도시에 도착하는 것을 수없이 꿈꾸어 보았다. 그러면 나는 겸허하게, 아니 남루하게 살 수 있을 것 같았다. 무엇보다 그렇게 되면 '비밀'을 간직할 수 있을 것 같았다."

꿈꾸는 듯한 그의 글은 마치 비밀스러운 경전처럼 펼쳐진다. 멀리 보이는 점점이 떠있는 섬들, 지중해의 햇살에 졸고 있는 강아지, 미풍에 펄럭이는 빨래…. 이런 풍경이 그려지는 골목에서 그는 삶의 아포리즘을 길어 올린다.

"그 골목이 직각으로 꺾이는 지점에 이를 때면 강렬한 재스민과 리라꽃 냄새가 내 머리 위로 밀어닥치곤 했다. 꽃들은 담장 너머에 있어 보이지 않았다. 그러나 나는 꽃 내음을 맡기 위해 오랫동안 발걸음을 멈춘 채 서 있었고, 나의 밤은 향기로 물들었다. 자기가 사랑하는 그 꽃들을 아깝다는 듯 담장 속에 숨겨 두는 사람들의 심정을 나는 이해할 수 없었다."

장 그르니에는 "짐승은 즐기다가 죽고, 인간은 경이에 넘치다가 죽는다"고 말했다. 그는 태생적으로 경이驚異를 볼 수 있는 사람이었다. 그렇다. 경이는 크고 위대한 것들에만 있지 않다. 보도블록 사이에 얼굴을 내민 작은 풀 한 포기가 얼마나 경이인가. 우리를 얼마나 살고 싶게 하는가.

이제는 아무도, 아무것도 없다.
초대된 손님도, 사냥 모임도, 질긴
트위드 재킷을 입은 신사도 없다.
한 시대 전체가 끝나는 건 한순간의
일이라는 생각을 하게 된다.

W. G. 제발트
1944~2001

낯설고 강렬한 문장,
작가들에게 존경 받는 작가

여행은 어떤 식으로든 기억을 남긴다. 내가 했던 여행 중 오래 기억에 남은 것이 대학 시절 '비인 여행'이었다. 오스트리아 비인Vienna이 아니라 충청남도 서해안의 비인庇仁이다.

여름방학 어느 날 저녁, 우연히 사회과부도를 펼쳐보고 있었다. 시선이 서해안 쪽을 향하고 있었는데 비인이라는 지명이 눈에 들어왔다. '참 예쁜 이름이네' 하는 생각이 들었다. 한자를 찾아보니 감쌀 비庇에 어질 인仁 이었다. 어진 것을 감싸는 땅이라니, 더욱 매력적으로 다가왔다. 포털 같은 게 없던 시절이니더 이상의 정보는 없었다.

무작정 터미널로 향했다. 버스를 세 번인가 갈아타고 비인면에 도착했다. 버스에서 내린 곳에서 한참을 걸어가니 바다가 있었다. 비인은 내 예상과는 너무나 달랐다. 관광객 하나 없는 쇠락한 해변이었고, 언제 발동을 걸었는지 알 수 없는 낡은 목선 몇 척이 모래톱 위에 올라서 있었다. 낡은 표지판에는 일제강점기에 개발된 해수욕장이었으나 지금은 폐장했다는 내용이 적혀 있었다. 바닷가에 걸터앉아 노을이 질 때까지 한참을 앉아 있었다. 묘한 느낌이 나를 감싸 안았다. 흘러간 일들이 이야기가 되어 내게 다가오는 듯했다. 해수욕객으로 가득 찼을 개화기 만선한 배에서 생선을 부리는 어부들의 모습, 한때 융성했을 염전, 세월을 함께했을 사람들의 삶과 사연이 몸으로 다가오는 게 느껴졌다. 물론 지금 비인은 또 다른 모습으로 발전해 있겠지만 30년 전 비인은 내게 그렇게 다가왔다.

W. G. 제발트의 책《토성의 고리》를 읽으며 자꾸만 비인 여행의 기억이 또렷이 다가왔다. 독일 출신으로 영국에서 활동한 작가 제발트는 어느 날 문득 영국 동남부(노퍽Norfolk·서퍽Suffolk)로 여행을 떠난다. 내면의 공허 때문에 별 목적 없이 떠난 여행이었다. 그곳에서 그는 쇠락한 한 시대를 만난다. 파괴된 숲, 버려진 청어 가공 공장, 낡은 저택, 몰락한 도시, 문명의 흐름에서 비켜난 사람들….

"이제는 아무도, 아무것도 없다. 반짝거리는 제복 모자를 쓴 역장도 없고, 하인과 마부도, 초대된 손님도, 사냥 모임도, 질긴 트위드 재킷을 입은 신사나 우아한 여행복을 차려입은 숙녀도 없다. 한 시대 전체가 끝나는 건 한순간의 일이라는 생각을 자주 하게 된다."

제발트는 폐허에서 태어났다. 1944년 독일 베르타흐에서 태어난 그는 전쟁이 남긴 쇠락한 풍경을 보며 자란다. 프라이부르크에서 대학을 마친 그는 영국으로 건너가 그곳에서 독문학을 가르치면서 산다.

그가 왜 쇠락한 지역을 여행하면서 책의 제목을 '토성의 고리Saturn's ring'라고 했는지 생각해 볼 필요가 있다. 토성이 생성될 무렵 부서져 나간 먼지와 얼음이 궤도를 떠나지 못한 채 레코드판 모양으로 토성을 둘러싸고 있는 것이 토성의 고리다. 생성에 기여했으나 이제는 부서져 버린 것들이 그곳을 떠나지 못하고 머물러 있는 것이다. 아이러니하게도 그 잔해 때문에 토성은 가장 아름다운 행성이 될 수 있었다. 잔해들이 토성의 미학을 완성해주고 있는 것이다. 이런 거대한 결과들을 볼 때 인간은 얼마나 미약한 존재인가? 섬세하고 개성 넘치는 작가는 비행기에서 지구를 내려다보며 이렇게 독백한다.

"이 높이에서 보면 주택과 공장은 보이지만 인간은 확인할 수 없다…. 우리가 우리의 목적과 결말에 대해 얼마나 아는 것이 없는지 끔찍하리만큼 분명해진다."

우리는 모두 아름다운 폐허를 향해 가고 있는 중이다.

아름다운 이 난간도
오래가진 못할 터.
난간에 기댄 나 혼자
늙어가는 건 아니구나.
백년의 흥망성쇠를 생각하자니
이 내 마음은 더더욱 슬플 뿐.

소동파
1037~1101

유배지에서 인생의 의미 깨친
초월의 시인

사람의 인생이 무엇과 같은가

눈 위에 찍힌 기러기 발자국 같네

오며 가며 눈 위에 발자국은 남겼지만

날아가 버린 뒤에 어찌 동서를 알리

당송팔대가 중 한 사람인 소동파가 동생 소철의 시에 화답한 작품이다. 몇 번을 읽어도 그 의미가 새롭다. 모래사장을 내려다보면 새들의 발자국이 어지럽게 찍혀 있다. 그 발자국을 보며 '새들이 걸어 다니다 날아갔구나' 정도에 상상력이 머문다면 소동파의 시를 읽어야 한다. 소동파는 발자국으로 인생의 비의 悲意를 노래한다. 누군가 이 세상에 왔다 가지만 그걸로 끝일 뿐 어디로 갔는지는 알 수 없다. 그냥 왔다가 가는 것, 아무도 모르는 어딘가로 사라지고 마는 것. 소동파가 말하는 인생이다.

중국 북송을 대표하는 시인 소동파는 1037년 중국 쓰촨성

메이산에서 출생했다. 소식蘇軾이라고도 불리는 그는 22세 때 진사시에 급제했으나 관운은 그리 좋지 못했다. 불우한 인생이 창작의 기폭제가 된 경우였다. 첫 관직으로 궁정 사무를 담당했는데 실세였던 왕안석과 사이가 틀어지며 한직을 떠돈다. 중앙 정부와 각을 세우며 좌천과 유배로 점철된 삶을 산다. 그 유명한 〈적벽부〉는 후베이성 황저우에 유배된 1082년에 쓴 시다.

하루살이 목숨을 하늘과 땅에 맡기니

아득히 푸른 바다에 뜬 좁쌀 한 알 같구나

나의 생이 순간임을 슬퍼하고

장강長江의 무궁함을 부러워하노라

하늘의 신선 만나 즐겁게 노닐고

밝은 달 안고서 오래 살다 가고 싶지만

그럴 수 없음을 아니

아쉬움은 슬픈 바람에 실어 보내리

〈적벽부〉는 소동파가 양쯔강을 바라보며 가을과 겨울에 쓴 것으로. 가을에 쓴 것을 '전前 적벽부', 겨울에 쓴 것을 '후後 적벽부'라 한다. 위 문장은 전 적벽부의 한 부분이다.

소동파는 명예와 부에 가려진 현실의 허망함을 일찍 깨친 인물이었다. 유구한 자연 앞에 선 인생의 덧없음을 노래했다. 그에게 삶은 '아득히 푸른 바다에 뜬 좁쌀 한 알' 같은 것이었다. 그는 낭만과 서정에 치중한 이전 당시唐詩와는 다른 시 세계를 구축한다. 소동파의 시는 도교와 불교를 넘나드는 초월적 미학을 지닌다. 소동파도 젊은 시절에는 현실에서 뜻을 세우고 싶었다. 그 무렵 작품에는 사회 부조리를 고발하고 위정자를 비판하는 내용이 눈에 띈다. 하지만 유배 생활에 지쳐가며 세속에 애착을 버린다. 그의 시는 이 무렵부터 초월의 문턱을 넘는다.

아름다운 이 난간도 오래가진 못할 터
난간에 기댄 나 혼자 늙어가는 건 아니구나
백년의 흥망을 생각하자니
내 마음은 더더욱 슬플 뿐

〈법혜사 횡취각〉의 일부이다. 폐사지를 보면서 세상사 흥망성쇠를 가여워하는 노래다. 나는 소동파를 폐허의 시인이라 부르고 싶다. 소동파는 세상이 어차피 폐허라는 걸 일찍 알아챘다. 그것을 깨달은 덕에 우리는 그의 명시를 즐길 수 있다.

삶은 보이지 않는 곳을 바라보는
것이다. 보이는 것은 잠시지만
보이지 않는 것은 영원하기
때문이다.

크리스토퍼 메릴
1957~

논리만으로 설명할 수 없는
신비가 있다

르포 작가로 발칸전쟁을 직접 목격한 미국의 시인이자 논픽션 작가 크리스토퍼 메릴은 큰 정신적 충격을 받는다. 눈 뜨고는 볼 수 없는 참상 앞에서 그는 무기력에 빠진다. 죽어가는 사람을 위해 아무것도 할 수 없다는 현실이 두고두고 그를 괴롭혔다. 게다가 가정불화까지 겹쳐 이혼을 하게 된 그는 영적 순례를 떠나기로 결심한다. 지구상에서 가장 경건한 땅을 찾아 자신의 영혼을 정화하고 싶었던 것이다.

그가 고민 끝에 정한 목적지는 아토스 반도다. 그리스 북부에 있는 아토스는 세계에서 단 하나뿐인 수도원 자치공화국이다. 아토스는 그리스 보호령이기는 하지만 그리스 정부와는 별개의 사법과 입법 체계를 가지고 있다. 국제적으로 통용되는 정식 명칭은 아토스 성산 자치국이다.

아토스는 국가 전체가 동방정교 수도원으로 이루어져 있다. 이곳에 출입하기 위해서는 별도 입국 비자가 있어야 한다. 입국

조건이 무척 까다롭다. 매일매일 극히 소수의 정해진 방문자에게만 비자를 발급하기 때문에 입국 자체가 하늘의 별 따기다.

예수가 황야에서 40일을 보낸 후 사탄에게 끌려와 자신에게 무릎을 꿇으면 세상의 모든 나라를 주겠다는 유혹을 받았던 곳이 바로 아토스 산이다. 지금 그 땅은 2000m가 넘는 영봉 아래 유혹 자체가 존재할 수 없는 무균지대로 남아 있다. 1988년 유네스코가 이 일대를 세계문화유산으로 지정하면서 고립무원의 성지는 굳건히 유지되고 있다.

아토스는 여성의 출입이 무조건 금지된다. 심지어 동물도 암컷은 입국할 수 없다. 아토스 안에서는 노래를 부르거나 물속에 들어가거나 육식을 하거나 허락 없이 사진을 찍거나 하는 행위도 모두 금지다. 오로지 신만을 경배하는 땅인 셈이다. 아토스로 떠난다는 소식을 들은 친구가 메릴에게 물었다.

"아토스산에서 무엇을 하려는 것인데."

"그냥 걷고 기도하려고."

그는 그렇게 아토스를 걸었고 그 경험담을 《숨은 신을 찾아서》라는 책에 담았다. 아무도 배부르게 먹지 않는 곳, 편한 침대도, 아름다운 여인도, 재화를 얻기 위한 경쟁도 없는 땅, 유희라는 이름의 모든 것과 담을 쌓고 수백 년 된 어두컴컴한 수도

원에서 평생을 기도로 보내는 수행자들을 바라보며 메릴은 고뇌에 빠진다. 그리고 세상에는 논리만으로 설명할 수 없는 신비가 있음을 깨닫는다.

"나는 시와 영적인 문제를 논할 때는 신비를 찬양했으면서도 부부 싸움을 하면서는 논리만을 따지려 했다. 나는 그저 내가 옳다는 것을 증명하려 했을 뿐이다. 논리라는 암초에 부딪혀 우리의 결혼은 침몰에 이르렀다."

아토스에서 메릴은 시가 그러하고 믿음이 그러하듯, 사랑도 결국 눈에 보이지 않는 것을 함께 바라보는 것이라는 사실을 알게 된다. 그는 계산할 수 있고 측정할 수 있는 것들만 가지고는 어떤 갈등도 해결할 수 없다는 걸 깨달은 것이다. 결국 메릴은 눈에 보이는 것만을 전부라고 생각하는 현대적 인식에 의문을 제기한다.

"삶은 보이지 않는 곳을 바라보는 것이다. 보이는 것은 잠시지만 보이지 않는 것은 영원하기 때문이다."

그렇다. 아토스는 보이는 것이 아니라 보이지 않는 것을 바라보는 법을 가르쳐주는 곳일지도 모른다. 그곳에 가보고 싶다.

나는 나보다 앞서온
이들과는 다른 차원으로
찬양받아야 하는
발명자다. 거친 들판의
담백한 대기가 나의
회의를 길러주었다.
나는 고약한 미치광이가
되기를 기대한다.

아르튀르 랭보
1854~1891

시인은 숨겨진 본질
꿰뚫어 보는 견자

바람 구두를 신고 세상 밖으로 떠나버린 사내 아르튀르 랭보가 처음 시를 습작하기 시작한 건 열다섯 살 때였다. 조숙함과 오만함을 모두 갖춘 이 열다섯 살짜리 프랑스 소년은 기존 질서에 대한 반항이 가득 담긴 실험시로 문단을 발칵 뒤집어 놓는다. 열다섯 살이면 한국 나이로 중학교 2학년에 해당하는 나이다.

랭보는 '중2병'을 유별나게, 지독히 앓았다. 기록에 의하면 그는 열다섯 살 전까지 모범생이었다. 부모의 갈등에서 비롯된 약간의 그늘이 있기는 했지만 착실하고 신앙심 깊은 소년이었다. 공부도 잘해서 일곱 살에 학교에 입학한 이후 줄곧 수석을 놓치지 않았고 어린 나이에 라틴어에도 능통했다고 한다. 성격도 좋아서 주변 사람들과 잘 어울리는 소년이었다.

랭보가 돌변한 건 시詩와의 운명적인 만남 때문이었다. 축복이었는지, 저주였는지, 랭보가 열다섯 살 때 그가 다니던 신학교에 조르주 이장바르라는 시인이 선생으로 부임한다. 이장바르는 단박에 랭보의 시적 재능을 발견했고, 랭보는 그의 지도 아래 시를 쓰기 시작한다. 시에 눈을 뜬 랭보에게 신학교 기숙사는 너무나 좁고 답답한 세상이었다. 잠재돼 있던 반역의 기운은 이때부터 폭발하기 시작한다. 랭보는 제도 교육, 종교, 민족주의를 거부했으며 부르주아 문화를 경멸하기 시작했다. 랭보가 열다섯 살에 내보인 행태를 살펴보면 요즘 흔히 말하는 중2병 증상과 흡사하다. 이유 없는 반항과 유아독존식 사고, 조절이 안 되는 감정 상태와 어디로 튈지 모르는 행동이 그것이다. 다른 게 있다면 랭보의 증상은 세상을 뒤흔들 정도로 파장이 컸다는 점이다.

이때 랭보는 이른바 '견자見者·seer'라는 개념을 만든다. 세상에 속해 있으면서도 세상 밖을 보는, 현재에 속해 있으면서도 오지 않은 시대를 보는 사람이 되려고 한 것이다. 그는 이장바르에게 보낸 편지에 이렇게 적었다.

"견자란 세계의 본질을 꿰뚫어 보는 능력을 지닌 사람입니다. 인습적 관념과 함께 모든 제약에서 벗어나고 자신의 영혼을 인식해야 합니다. 신의 목소리를 내는 예언자가 돼야 하고 숨겨진 모습을 투사할 수 있어야 합니다. 견자는 기괴한 영혼을 만드는 데까지 나아가야 합니다."

시 〈삶 2〉는 랭보의 '견자 선언문'으로서 손색없다.

"나는 나보다 앞서온 모든 이들과는 전혀 딴판으로 찬양받아야 하는 발명자다. 또한 사랑의 열쇠 같은 것을 발견한 음악가 자체이다. 이 거친 들판의 담백한 대기가 나의 혹독한 회의를 아주 활기차게 길러주었다. 나는 매우 고약한 미치광이가 되기를 기대한다."

랭보는 자기 자신을 발명자라고 선언하고는 시의 세상을 떠나버렸다. 그의 나이 열아홉 살 때였다. 우리가 만나는 랭보의 시들은 그가 열다섯 살부터 열아홉 살 때까지 쓴 것이다. 바람처럼 떠난 랭보는 나약한 부르주아들의 세상으로 영원히 돌아오지 않았다. 시의 세상으로도 돌아오지 않았다. 아프리카 등을 떠돌며 용병, 무기 중개상, 채석장 막일꾼, 커피 중개상 등을 하면서 서른일곱 살까지 살았지만 다시 시를 쓰지는 않았다.

랭보는 후세를 사는 우리에게 작별 인사만 남기고 떠난 여행자로 남아 있나. 그는 결국 중2병에서 영원히 돌아오지 않은 셈이다. 랭보는 처방이나 치료를 받지 않은 채 성숙을 거부하고 떠난 여행자였다.

우리는 만남도 없고
고향도 잃어버린
이별마저도 없는 세대다.
우리의 태양은 희미하고
우리의 청춘은
젊지 않다.

볼프강 보르헤르트
1921~1947

야만에서 순수를
길어 올리다

그날 밤 느닷없이 장대비가 퍼부었다. 20대 초반 어느 날이었다. 사랑은 떠났고, 세상은 암울했으며, 어디에도 희망은 없었다. 나는 막차가 끊어진 거리, 낯선 건물 처마 밑에 서 있었다. 길바닥에서 튀어 오른 세찬 빗방울이 바지를 적시고 있었다. 우산도 차비도 없었다. 주머니 속에는 오래된 고지서 몇 장과 동전 몇 개 뿐이었다. 그때 볼프강 보르헤르트라는 이름이 떠올랐다. 늘 전율이었던 수정 같은 글귀와 함께 그가 빗속에서 다가왔다. 그랬다. 보르헤르트에 비하면 내 청춘은 사치였다. 그가 보낸 날들에 비하면 내 아픔은 가냘픈 투정이었다. 보르헤르트를 생각하며 비가 그칠 때까지 그 자리에 조각상처럼 서 있었다. 그를 생각하니 왠지 슬프지 않았다.

보르헤르트는 1921년 독일 함부르크에서 태어났다. 히틀러의 악령이 독일에 드리우기 시작한 무렵이었다. 히틀러 소년단에 강제로 가입한 보르헤르트는 이른 나이에 전체주의에 염증을 느낀다. 열다섯 살 때부터 시를 쓰기 시작한 그는 연극배우를 꿈꾸었지만 집안 사정 때문에 서적 판매원이 된다. 10대 후반 판매원으로 생활하면서 쓴 시 몇 편이 문제가 돼 게슈타포에 체포되면서 그의 필화는 시작된다.

1941년 스무 살이 된 보르헤르트는 마침내 꿈에 그리던 하노버 주립극단의 배우가 된다. 그러나 기쁨도 잠시 소집 영장을 받고 러시아 전선에 투입된다. 우리가 제2차 세계대전 영화에서 흔히 보는 그 독일 병사가 된 것이다. 그는 혹한의 참호 속에서 너무나 투명한 글을 쓰기 시작한다. 부상을 입고 요양소에 실려 가서도 그의 메모는 계속됐다. 군에서 나온 후에도 시련은 그치지 않았다. 나치를 비방한 혐의로 또 투옥된 것이다. 보르헤르트의 20대는 그렇게 전선과 감방 사이를 오가며 사라져 갔다. 감옥에서 나온 다음에는 병마가 그를 그냥 놔두지 않았다. 스물여섯 살 되던 해 보르헤르트는 자신이 쓴 유일한 희곡 〈문 밖에서〉가 함부르크 극장에서 초연되기 하루 전 눈을 감는다.

"우리는 만남도 없고 깊이도 없는 세대다. 우리는 행복도 모르고, 고향도 잃은 이별마저도 없는 세대다. 우리의 태양은 희미하고, 우리의 사랑은 비정하고, 우리의 청춘은 젊지 않다."

암울했던 한 시대에 대한 처절한 고백으로 이만한 글이 있을까. 삶과 죽음이 종잇장보다 가벼운 야만의 시대를 살았던 감수성 어린 청춘이 남긴 글은 너무나 슬프다. 이별조차 사치인 참혹한 시대를 산 그들에게 청춘은 오히려 저주였을지 모른다. 그가 남긴 작품은 시 몇 편과 산문, 희곡 〈문 밖에서〉가 전부다. 그의 글은 《이별 없는 세대》라는 제목으로 국내에도 출간돼 큰 반향을 불러일으켰다. 그의 시 〈가로등의 꿈〉을 읽어보자.

나 죽으면 어쨌든 가로등이 되고 싶네

…중략…

커다란 증기선이 잠자고 소녀들이 웃음 짓는 항구

가느다란 운하 옆에서 나는 깨어

고독하게 걸어가는 사람에게 눈짓을 보내리

좁다란 골목

어느 선술집 앞 양철 가로등으로

나는 설러 있고 싶네

역사는 가로등이 되고 싶어 했던 청년을 참혹한 전쟁터로, 감옥으로 내몰았다. 야만은 그의 생을 너무 일찍 거두어 갔지만 다행히 그의 언어는 청춘의 비망록으로 남았다.

밟아라, 밟아라. 네 발의 아픔을 내가
제일 잘 알고 있다. 나는 너희에게 밟히기
위해 이 세상에 태어났고, 십자가를
가졌다. 그러니 밟아라.

엔도 슈사쿠
1923~1996

인간은 슬프고
바다는 언제나 파랗다

"인간은 이다지도 슬픈데, 주여 바다는 너무나 파랗습니다."

일본 체류 시절 무엇에 홀리듯 나가사키를 찾아간 적이 있었다. 엔도 슈사쿠의 소설 《침묵》 때문이었다. 그에게 묻고 싶었다. 인간은 뭔지. 영성은 무엇이고, 선과 악은 또 무엇인지. 나가사키 근처, 소토메外海라는 작은 어촌 마을에 가면 엔도 슈사쿠 문학관이 있다. 서두에 인용한 문장은 건물 앞 문학비에 써 있는 글이다. 인간의 초라함, 무망함을 이렇게 잘 표현한 문장이 또 있을까. 쪽빛 바다 앞에 외롭게 서 본 사람이라면 누구나 이 문장에 고개를 숙일 수밖에 없다.

에도시대 초기, 소토메는 끔찍한 고난의 장소였다. 가톨릭을 믿었던 사람들은 이곳에서 잔혹하게 고문당하고 처참하게 죽어 갔다. 그들은 바다를 보면서 무슨 생각을 했을까. 대기를 찢는 비명에 아무 대답도 해주지 않는 신을 원망했을까? 누구도 알 수 없다. 엔도 슈사쿠의 대표작 《침묵》은 바로 이때 이야기다.

1600년대 초반 권력을 잡은 도쿠가와 이에야스는 가톨릭을 금지시킨다. 이른바 '기리시탄 박해'가 시작된 것이다. 가장 심한 박해가 벌어진 곳은 나가사키였다. 신문물을 받아들이는 창구였기 때문이다. 포르투갈의 예수회 신부 세바스티안 로드리고는 스승이었던 페레이라 신부마저 고문에 못 이겨 배교를 했다는 소식을 듣고 자진해서 일본에 들어간다. 나가사키 항구 앞 소토섬에 잠입한 로드리고는 신자들이 잔인하게 처형되는 것을 보며 기적을 바라는 기도를 바치지만 신은 침묵한다. 결국 로드리고도 체포되고 그 역시 배교를 강요당한다.

나가사키를 지배하던 권력자인 이노우에는 '후미에'라는 방식으로 배교자를 가려냈다. 예수의 얼굴이 새겨진 동판을 바닥에 놓고 그것을 밟으면 살려주고, 밟지 않으면 처형했다. 로드리고 역시 그 시험대에 서게 된다. 이노우에는 로드리고에게 한층 더 잔인한 조건을 건다. 후미에를 밟으면 당사자인 로드리고는 물론 잡혀 있는 신자들도 모두 살려주고, 밟지 않으면 이미 배교한 사람이라 해도 무조건 함께 죽이겠다고 선언한다. 로드리고의 결정에 신자들의 목숨이 걸리게 된 것이다.

며칠 후 로드리고는 고문당하는 신자들의 비명소리에 마음이 흔들린다. 대답도 없는 신을 위해 저들을 죽음으로 내모는 것이 과연 옳은 믿음인지 고뇌하던 그는 결국 배교를 선택한다. 로드리고가 후미에를 밟는 순간 설명하기 힘든 통증과 함께 예수의 음성이 들려온다.

"밟아라. 밟아라. 네 발의 아픔을 내가 제일 잘 알고 있다. 나는 너희에게 밟히기 위해 이 세상에 태어났고, 너희의 아픔을 나누어 가지기 위해 십자가를 졌다. 밟아라."

소설 《침묵》은 그 깊이와 세밀함으로 육중한 질문을 던진다. 굴욕을 견디고 살아서 믿음을 이어가는 것이 옳은 신앙인지, 아니면 순교로 끝을 내는 것이 진정한 신앙인지 누구도 쉽게 답할 수 없다. 이것은 비단 신앙의 문제만이 아니다. 다른 어떤 삶의 문제를 대입해도 충분한 담론이 될 수 있는 화두다.

게이오대학과 프랑스 리옹대학에서 불문학을 공부한 엔도 슈사쿠는 1966년 《침묵》을 발표하면서 종교소설과 일반소설의 벽을 무너뜨린 몇 안 되는 작가로 찬사를 받는다. 일본 작가 중 가장 자주 노벨상 후보에 거론된 인물이기도 하다. 그가 쪽빛 바다를 보면서 던진 질문은 여전히, 그리고 앞으로도 유효하다. 인간은 슬프고, 바다는 언제나 파랗기 때문에….

인간이 진리를 구하기
위해서 해야 하는 일은
머리를 쓰는 것이 아니라
존재 앞에서 자신을
스스로 낮추는 것이다.

마르틴 하이데거
1889~1976

존재에 관한 묵직한 질문과
장엄한 가르침

얼굴 사진 한 장이 그 사람의 모든 것을 말해주는 경우가 있다. 마르틴 하이데거가 그렇다. 처음 하이데거 사진을 봤을 때 흡사 바위를 보는 듯한 느낌이 들었다. 네모진 얼굴에 굳게 다문 입술, 흔들림 없는 눈동자. 하이데거의 얼굴은 지적인 엘리트의 얼굴이라기보다는 우직한 바위에 가까웠다. 얼굴만 봐도 그가 존재에 대해 얼마나 장엄하고 묵직한 질문을 던졌을지 짐작이 간다.

하이데거의 《존재와 시간》은 현대철학에 던져진 커다란 바위 같은 책이다. 솔직하게 말하면 매우 어려운 책이다. 독일인들도 "하이데거의 《존재와 시간》 독일어판은 도대체 언제 나오는 거냐?"는 우스갯소리를 한다고 한다. 하지만 샘의 깊이를 알 수 없을지라도 샘물의 신선함과 차가움은 느낄 수 있는 법이다. 《존재와 시간》은 우뚝 선 성채처럼 서재에서 우리를 내려다본다. 요즘 부쩍 하이데거 생각이 난다. 존재에 대한 이런저런 의문에 빠졌다는 뜻이다. 하이데거는 책에서 '존재'에도 '급級'이 있다는 깨우침을 던진다.

"인간이 진리를 구하기 위해서 할 일은 머리를 쓰는 것이 아니라, 존재가 스스로 목숨을 드러낼 수 있도록 존재 앞에서 자신을 낮추는 것이다."

그저 그런 존재자들은 존재의 본질을 잃어버린 채 비본래적 uneigentlich 삶을 산다. 쉽게 말해 내가 가진 고유한 가치를 구현하려고 하지 않고 세상이 시키는 대로 살아간다. 본래적인 가치를 잃어버리고 사는 것이다.

독일 남부에서 태어난 27세의 소장학자 하이데거는 1차대전이 끝난 직후 불안과 군중심리가 횡행하는 유럽대륙을 보면서 "일상성에서 벗어나 자신의 삶으로 돌아가라"고 소리쳤다. 여기서 '일상'이라는 단어는 자신이 삶의 주인이 아닌 채 사회나 타인이 시키는 대로 사는 수동적인 삶의 모습을 상징한다. 그렇다면 의미 있는 존재는 어떻게 될 수 있을까. 여러 가지 독법이 있겠지만 이 짧은 글에서 단적으로 표현하자면, '죽음'이라는 단어에서 그 가능성을 읽으면 된다. 하이데거는 죽음을 자각하는 자만이 실존을 회복할 수 있다고 말했다. 죽음을 자각함으로써 스스로 유한한 존재라는 것을 깨닫고 진정한 자기 삶을 살 수 있다는 것이다.

왜 죽음일까? 죽음은 자기 자신 이외에는 어느 누구도 대체할 수 없는 유일하고 구체적인 극적인 상황이다. 인간사의 모든 일은 불확실하지만 단 한 가지만은 확실하다. '언젠가는 죽는다'는 것이다. 하지만 사람들은 대부분 죽음을 회피한다. 이 때문에 자기 삶의 주인이 되지 못하는 것이다.

"타인의 지배에 놓여 있는 일상 세계로부터 떨어져 나온 유한하고 고독한 세계, 그곳이야말로 본래 우리의 세계이며 우리는 그곳에서 비로소 존재 의미를 찾을 수 있다."

하이데거는 죽음으로부터 도피하지 않고 그것에 용기 있게 직면하면서 자신의 본래 가능성을 자각하는 것이 실존을 찾는 길이라고 역설한다. 즉 아직 오지 않은 죽음에 대한 경험을 먼저 취함으로써 자기의 삶을 책임감 있게 이끌 수 있다는 것이다.

하이데거는 사실 역사에 파묻힐 뻔한 과오를 가지고 있었다. 프라이부르크 총장 시절 나치에 협력했다는 혐의와 제자였던 한나 아렌트와의 불륜이 그것이다. 두 가지 다 나름 치명적인 과오임에도 철학사는 그를 파묻지 않았다. 그가 《존재와 시간》을 통해 던진 바위 같은 물음이 현대철학의 1장 1절이 됐기 때문이다.

어머니의 조그마한 뒷모습을
바라보았다. 살아도 좋고 죽어도 좋다는
어머니의 말이 가슴속 가득 퍼져나갔다.
나는 몇 번이고 그 말을 중얼거렸다.
눈물이 나와 불꽃이 번져 보였다.

미야모토 데루
1947~

세밀화로 그려낸 생의 본질,
순문학 대표작가

큰 이야기를 끌어댔지만 결국은 작아져 버리는 소설이 있고, 작은 이야기인 것 같지만 읽고 나면 큰 성채 같은 소설이 있다. 최근에 읽은 미야모토 데루의 소설은 후자에 속한다.

"나는 어머니의 조그마한 뒷모습을 바라보았다. 살아도 좋고 죽어도 좋다는 어머니의 말이 가슴속 가득히 퍼져나갔다. 나는 몇 번이고 어머니가 한 그 말을 가슴속에서 중얼거렸다. 어머니는 진심으로 그렇게 생각했음이 틀림없다고 느꼈다. 눈물이 나와 불꽃이 번져 보였다."

미야모토의 소설집 《오천번의 생사》에 수록된 〈눈썹 그리는 먹〉의 한 부분이다. 소설의 줄거리는 이렇다.

아들은 몸이 아파 몇 달 요양을 떠나기로 결심한다. 아들이 안쓰러웠던 어머니는 밥이나 해주겠다며 아들을 따라 나선다. 어머니는 요양지 가루이자와로 가는 차 안에서 여러 번 자살을 시도할 만큼 기구했던 자신의 인생사를 털어놓는다. 가난한 집에 태어나 부모가 일찍 죽은 후 아홉 살 때부터 유흥업소 도우미로 살아야 했던 어린 시절부터 순탄치 못했던 결혼생활까지 어머니의 인생은 불운의 연속이었다. 어머니는 차라리 다 늙은 지금이 편하다고 말한다. 그날로부터 며칠 후, 몸에 이상을 느껴 요양지 근처 병원에 간 어머니는 말기 암 진단을 받는다. 아들은 어머니에게 그 사실을 숨기고 함께 불꽃놀이를 보러 간다. 불꽃놀이를 보며 어머니는 이미 다 알고 있다는 듯 "죽어도 좋고 살아도 좋다"고 담담하게 말한다. 집에 돌아온 어머니는 늘 그래왔던 것처럼 무슨 의식을 치르듯 검은 먹으로 정성스럽게 눈썹을 그린다.

작가 미야모토는 삶과 죽음을 너무나 태연하게 그려낸다. 삶과 죽음에 관한 이야기지만 비장하지도 않고, 긴박하지도 않다. 마치 인생을 그린 한 폭의 잔잔한 세밀화를 보는 느낌이다.

사실 누구의 인생이든 들여다보면 모두 가련하다. 운명이라는 게 뜻한 대로 되지 않기 때문이다. 인간은 부모를 선택할 수 없다. 계급과 빈부를 선택해서 태어나는 사람도 없다. 성별이나 건강도 선택하지 못한 채 던져지듯 세상에 나온다. 그리고 세상에 온 이상 살아가야 한다. 그게 인생이다. 인생의 무게를 벗어나는 길은 단 하나, 죽음밖에 없다. 미야모토는 이런 생의 한계를 기막히게 포착해낸다.

　20세기 일본 순문학을 대표하는 그가 처음 소설을 쓰게 된 계기는 생의 우연 그 자체다. 일본 고베 출신인 미야모토는 대학을 졸업한 후 산케이 광고회사의 카피라이터로 일한다. 그러던 어느 날, 갑자기 쏟아지는 소나기를 피해 들어간 서점에서 읽은 단편의 매력에 빠져 직접 소설을 쓰기 시작한다. 타고난 재능이 있었던지, 그는 1977년 《진흙탕 강》으로 다자이오사무상을 받으며 화려하게 데뷔한다. 등단 이듬해에는 《반딧불 강》으로 일본 최고 권위인 아쿠타가와상을 받는다.

　미야모토 데루라는 이름을 어디선가 들어본 적이 있다면 그것은 아마도 한국에서 꽤 많은 마니아를 거느리고 있는 고레에다 히로카즈 감독의 영화 〈환상의 빛〉 때문일 것이다. 바로 그 〈환상의 빛〉 원작자가 미야모토다. 〈환상의 빛〉은 한 여인이 자살로 세상을 떠난 남편을 회상하는 내용을 담은 편지체 소설이다. 주인공은 유서도 없이 죽은 남편에게 이런 편지를 쓴다.

　"돌아오지 않아도 좋습니다. 그저 대답만 해주세요."

　당연히 대답은 없다. 인생은 그런 것이다. 인생은 설명할 수 없는 것들로 이루어진 슬픈 드라마니까.

과거에는 거대한 힘을
마비시키려면 거대한
힘이 필요했다. 이제는
그렇지 않다. 정부, 군대,
시장은 신경계에 가해진
한 번의 공격으로 마비될
수 있다.

조슈아 쿠퍼 라모
1968~

초연결사회의
그늘을 지적하다

토요일이었다. 감각기관 하나를 상실한 것처럼 비틀거렸다. 운전 중이었다. 갑자기 스마트폰 내비게이션이 작동을 멈추었다. 블루투스 연결로 듣던 음악도 사라졌다. 통화도 되지 않았다. 고개를 갸우뚱하며 집으로 돌아왔다. TV는 검은 화면만을 보여줄 뿐이었다. 노트북도 연결되지 않았다. 이유를 알 수 없었다. 외식을 하기 위해 아파트 앞 횡단보도를 건널 때 이상한 광경을 목격했다. 공중전화 앞에 길게 줄을 선 사람들이 보였다. 전화를 거는 사람을 단 한 번도 본 적이 없는 그 공중전화였다.

칼국숫집에 들어서서야 사태를 대충 짐작할 수 있었다. 식당 입구엔 전화국 화재로 카드 사용이 안 된다는 문구가 붙어 있었다. 식당과 상점 카운터마다 일대 혼란이 벌어지고 있었다. 문제는 한밤에도 찾아왔다. 무서운 단절감이 들기 시작했다. 나와 세상을 연결해주는 통로가 사라져 버렸다는 묘한 두려움과 고독이 밀려왔다. 어떤 소식도 들을 수 없고, 누구에게도 내 소식을 전

할 수 없었다. 아무것도 할 수 없었다. 연결되지 않은 것은 곧 죽은 것이었다.

사태가 정리될 즈음 서가에 꽂혀 있던 책 한 권을 집어들었다. 〈타임〉과 〈뉴스위크〉에서 스타 편집장으로 일했던 조슈아 쿠퍼 라모가 쓴 《제7의 감각, 초연결 지능》이라는 책이었다.

"한 번의 잘못된 거래가 시장을 엉망으로 만든다. 무질서의 양동이가 국가나 기업 쪽으로 기울어질 수도 있다. 네트워크의 뒷구멍으로 몰래 들어간 한 명의 해커가 국가방어시스템을 벽돌로 만들어 버릴 수도 있다."

그날 대한민국 서울 한복판에서 일어난 일이 만약 단순한 화재가 아니라 테러였다면 어땠을까. 한곳이 아니라 여러 곳이 공격을 받고, 주식 시장이나 은행이 업무를 보는 평일이었다면 어땠을까. 만약 중요도가 더 높은 회선들이 공격받았다면 관공서가 마비되고 병원과 공항이 아수라장이 되지 않았을까. 우리는 싫든 좋든 이른바 초연결사회hyper-connected society를 살아간다. 금단의 열매를 먹고 있는 것이다. 라모는 말한다.

"과거에는 거대한 힘을 마비시키려면 거대한 힘이 필요했다. 이제는 그렇지 않다. 우리 시대 가장 가공할 만한 물리적 구조물, 즉 정부, 군대, 시장은 신경계에 가해진 한 번의 공격으로 마비될 수 있다. 이런 공격은 가공할 속도로 모든 구조물을 즉시 마비시킨다."

라모는 경고한다. 초연결사회가 기존의 생각과 제도 자체를 붕괴한다고 이야기한다.

"우리가 의존하는 정치, 금융을 비롯한 모든 시스템이 마법에 걸려 지배를 당할 수 있다. 우리는 발버둥만 치고 있다."

초연결사회를 살아가려면 가치관 자체가 달라져야 한다. "왜 너는 네 사진을 세상 사람들하고 공유하는 거야?"라고 묻는 사람은 초연결사회를 제대로 살 수 있는 사람이 아니다. 공유는 당연한 것이다. 연결 상태에 있지 않은 것들은 죽어 있는 것이기 때문이다. 연결 상태에 있지 않은 것은 그 자체로 아무런 가치를 창출할 수 없기 때문이다. 초연결사회는 이미 우리 심장 한복판에 와 있다. 선택일 수 없다. 우리는 그 시대를 살아내야 한다. 라모가 말한다.

"우리는 연결사회의 본질을 파악하고, 그 본질을 이용해야 한다."

이제 우리는 연결의 흐름을 알아채는 새로운 감각을 가져야 할지도 모른다. 육감에 감각 하나를 더 추가해, '칠감'을 가져야 하는 시대가 온 것인지도 모른다.

5

달리 앞서
간다는 것

소설의 재료로 삼아서는 안 되는 게
있다고 생각하지 않는다. 오히려 평범
한 일상 속에, 버림받은 쓰레기 속에,
외면당한 남루 속에, 감추어진 추악
한 것 속에서 소설의 재료는 보석처
럼 반짝거리고 있을 수도 있다.

여러 경험을 종합하여
과장된 것은 제거하고
실제에 맞는 것을
숭상함으로써 일통 一統 의
학문을 완성하라.

혜강 최한기
1803~1877

알파벳과 자전·공전
조선에 알린 선구자

지금으로부터 180여 년 전, 코페르니쿠스의 자전과 공전 개념
에서부터 알파벳에 이르기까지 선진 학문과 세계상을 조선에
알린 실학자가 있었다. 하지만 불행하게도 그의 외침은 쇄국에
빠져 있던 조선을 흔들어 깨우지 못했다. 선구자 이름은 혜강
최한기다.

서울대 규장각에 가면 지구전후도地球前後圖라는 이름의 고
지도가 있다. 아시아 유럽 아프리카를 전前도에, 아메리카를 후
後도에 그린 두 개의 그림으로 된 지도다. 1834년(순조 34년) 제작
된 이 지도는 우리나라에서 가장 오래된 목판본 세계지도다. 정
밀하기 이를 데가 없고 남극 대륙이 그려져 있을 정도로 당시의
최신 정보를 담고 있다. 이 세계지도를 만든 사람은 누구일까.

지도 제작자는 혜강 최한기이고, 판각을 한 사람은 고산자
김정호다. 물론 이들이 만든 지구전후도는 청나라의 다른 지도
를 참고해서 제작됐을 가능성이 크다. 그렇다 하더라도 중국 중

심의 성리학이 맹위를 떨치던 시기에 세계 무대로 눈을 돌린 이들의 작업은 놀라운 것이었다.

최한기는 앉은 자리에서 천리를 내다본 선구자였다. 그는 '조금 한다' 하는 다른 실학자들조차 따라갈 수 없는 큰 그림을 그리고 있었다.

"학문이 사무事務에 있으면 실實의 학문이 되고, 사무에 있지 않으면 허虛의 학문이 된다."

이미 성리학의 핵심인 이기론理氣論을 벗어나 있던 그는 관념론자가 아닌 유물론자였다. 그는 성리학이 소홀히 했던 경험론에 근거해 책을 읽었고 저술을 했으며, 번역을 했다.

최한기는 1803년 개성 양반가에서 태어나 서울에서 자랐다. 학문을 숭상하는 부유한 집안에서 자란 그는 어린 시절부터 귀한 서적들을 쉽게 접할 수 있었다. 영특했던 그는 성리학에서 금과옥조로 여기는 경전들로는 세상을 제대로 읽어낼 수 없다는 걸 일찌감치 눈치챘다. 실용을 버리고 허문虛文을 숭상하는 자는 결국 망한다는 것이 그의 지론이었다. 그는 학문을 하는 목적이 만국일통萬國一統을 이루기 위한 것이라고 주장했다. 그때 이미 세계화를 외친 것이다.

그는 행동거지도 남달랐다. 생원시에 급제는 했지만 벼슬과는 거리가 멀었던 최한기는 힘 있는 양반 자제들과 어울리기보다는 자신과 가치관이 비슷한 다양한 계층의 인물들과 우정을 나누었다. 대표적인 그의 절친이 대동여지도를 만든 김정호다. 둘은 당대를 대표하는 실학의 거두였던 오주 이규경(1788~1856) 밑에서 함께 학문을 익혔다. 김정호가 한국사에 꿈의 지도로 기록된 대동여지도를 완성할 수 있었던 데는 이규경과 최한기의 도움이 절대적이었다.

최한기는 천주교에 대해서도 "객과 주인의 자리를 현명하게 지키면 오히려 덕이 된다"고 말하며 매우 개방적인 태도를 보였다. 그의 저서는 조선보다 오히려 중국 지식인들 사이에 화제가 된 《신기통神氣通》《추측록推測錄》을 비롯해 지리서인 《지구전요》, 의학서인 《신기천험》 등 총 20여 종, 120여 권이 남아 있다. 실제로는 이보다 훨씬 많은 책을 쓰고 번역했을 것으로 추측된다. 그의 책 《기학氣學》에는 이런 구절이 나온다.

"만일 현재의 기를 표준으로 삼아 과거의 것을 헤아린 것이 지금과 다르다면, 갈고닦아야 할 바는 지금에 있지 과거에 있지 아니하다. 여러 경험을 종합하여 과장된 것은 제거하고 실제에 맞는 것을 숭상함으로써 일통一統의 학문을 완성하라."

지구의 중심에서 천국의 문에
이르기까지 수많은 수수께끼를
풀었으나 인간의 운명이라는
매듭은 결국 풀지 못했네

이븐 시나
980~1037

욕망은 곧 지혜의 시작,
르네상스의 밑그림을 그리다

흔히 현대의학은 유럽의학이라고 말한다. 맞는 말이다. 지금 전
세계 병원에서 활용되는 의학적 전문지식, 즉 인체에 대한 분
석, 각종 질병의 원인과 치료법은 유럽에서 발견하거나 개발한
것들이다. 그런데 여기에는 재미있는 역사가 숨겨져 있다.

근현대의학을 탄생시킨 16~18세기 유럽 의과대학에서 제1
교과서로 삼은 책이 있다. 이븐 시나의 《의학정전》이다. 유럽
유수의 대학들이 수세기 전 이슬람 학자가 쓴 책을 수업 교재
로 썼던 것이다. 《의학정전》은 철학자이자 의사였던 이븐 시나
가 11세기에 쓴 책이다. 책은 최초의 안구 해부도가 수록돼 있
을 정도로 사실적이다. 또한 심리 상태에 따라 병의 진행이 달
라진다는 사실을 밝혀냈고, 병을 옮기는 미생물과 바이러스의
존재를 알렸다. 이븐 시나는 어떻게 지금으로부터 1000년 전에
이 같은 의학 교재를 쓸 수 있었을까.

당시 이슬람 세계는 여타 문명권이 따라올 수 없을 만큼 지

적으로 융성했다. 의무적으로 코란을 배워야 했던 그들은 어려서부터 학문의 기초인 읽고 쓰기를 생활화했다. 성직자 외에는 성경을 읽고 필사할 수 없었던 같은 시기 기독교와는 너무나 달랐다. 기독교 세력이 어둠 속을 헤맬 때 이슬람은 수학, 철학, 천문, 지리, 의학 등 전 분야에서 세상의 비밀을 발견하고 있었다. 유럽에서 르네상스가 일어날 수 있었던 것도 이슬람이 전해준 지식 덕분이었다. 이 같은 환경이 이븐 시나라는 지성을 탄생시키는 토양이 됐다.

이븐 시나 개인의 천재성도 한몫했다. 서양인들이 아비센나 Avicenna라고 부르는 이븐 시나는 우즈베키스탄 부하라에서 태어났다. 어린 시절 코란을 통달했고, 17세에 왕실 도서관의 책을 모두 외워버린 그는 독자적으로 세상의 수수께끼들을 풀기 시작한다. 그의 시에는 이런 구절이 있다.

지구의 중심에서 천국의 문에 이르기까지
나는 오르고 또 올랐네
그사이에 수많은 수수께끼의 매듭을 풀었으나
가장 큰 매듭, 사람의 운명이라는 매듭은 풀지 못했네

그는《학문의 서》《치유의 서》《공정의 서》등을 비롯해 평생 242권의 책을 남겼는데 그리스 철학과 코란을 조화시킨 그의 사상은 중세 유럽 철학의 설계도가 됐다. 이븐 시나는 모든 유일신 종교가 당면했던 문제에 해법을 제시했다. 맹목적인 신앙과 합리적 사고, 두 가지를 수렴하는 매뉴얼을 찾은 것이다. 그는 "능동적 지성만이 신을 제대로 인식할 수 있다"고 선언했다. 지성이 발달할수록 신앙에 더 가까워진다는 논리였다. 이성도 신앙도 포기하지 않는 절묘한 출구전략을 제시한 셈이었다. 그의 태도는 당대에는 비판을 받았다. 한쪽으로부터는 이성을 비하했다고 비난당하고, 다른 쪽으로부터는 전지전능한 신을 부정했다고 비난당했다. 하지만 그의 인식론은 결과적으로 비슷한 문제를 고민하던 중세 기독교에 한 줄기 빛을 던져줬다. 그의 이론은 스콜라학파의 전범이 됐고, 프란체스코파를 비롯한 수도원들의 실천 철학으로 자리 잡았다.

　이븐 시나는 자기를 중심으로 그 이전과 이후를 나눈 희대의 지성이었다. 그의 책《치유의 서》에는 '육체는 여행의 목적이 달성됐을 때 떠나보내야 하는 짐승이다'라는 심오하게 번뜩이는 문장이 등장한다. 연금술이나 신봉하던 당시 유럽인보다 그가 얼마나 앞선 세상을 살았는지 짐작할 수 있게 해주는 구절이다.

젊은 헤밍웨이는
폭넓은 지식이 있었다.
그는 그 모든 것을
대학에서가 아니라
몸으로 배웠다.
그는 약간 유치한
구석이 있었지만
더 멀리 뻗어나갈
사람이었다.

실비아 비치
1887~1962

20세기 초 파리 문단 이끈
셰익스피어&컴퍼니 서점 주인

10년 전쯤 《파리는 여자였다》라는 책이 나온 적 있다. 역사학자이자 다큐멘터리 감독인 안드레아 와이스가 쓴 책이었는데 제목이 워낙 단도직입적이어서 기억이 난다. 프랑스 파리는 남자들만의 힘으로 문화 수도가 된 것이 아니었다. 차별과 제약, 그리고 전쟁이라는 악조건까지 이겨내며 파리 문화를 일군 여장부들이 있었다. 책은 바로 그들의 이야기였다. 모더니즘 건축가 아일린 그레이, 이미지즘 운동의 선구자인 작가 힐다 둘리틀, 화가 마리 로랑생 등이 주요 등장인물이다. 나는 이 여인들 중 실비아 비치에 눈길이 갔다. 비치는 서점 주인이었다. 그녀는 당시 파리를 무대로 활동하던 수많은 무명 작가들에게 '공양주 보살' 같은 인물이었다. 때로는 후원자로서, 때로는 매니저이자 마케터로서 세계적인 작가들을 찾아내고 키워냈다.

　미국에서 태어난 비치는 아버지를 따라 파리로 건너와 살다가 1919년 파리 레프트뱅크에 '셰익스피어&컴퍼니'라는 영문학서점을 차린다. 영화 〈비포 선셋〉에 등장해서 유명해진 바로 그 서점이다. 이 서점에 드나들었던 유명 작가는 이루 셀 수 없을 정도다. 앙드레 지드, 폴 발레리, 헤밍웨이, T. S. 엘리엇, 에즈라 파운드, 제임스 조이스, 스콧 피츠제럴드 등 작가들과 에릭 사티, 조지 앤타일 같은 음악가들이 서점 식객이었다.

비치는 하늘이 내린 눈썰미와 배포를 가진 여인이었다. 그는 생전 단 한 권의 책을 썼는데 제목이 《셰익스피어&컴퍼니》다. 그 회고록에 실린 작가들에 대한 단평은 촌철살인의 끝판왕이다. 비치는 헤밍웨이의 젊은 시절 모습을 이렇게 묘사했다.

"헤밍웨이는 매우 폭넓은 지식을 가지고 있었다. 그는 그 모든 것을 대학이 아니라 몸으로 배웠다. 그는 더 멀리, 더 빨리 뻗어나갈 수 있는 사람인 듯했다. 약간 유치한 구석이 없지는 않았지만 총명하고 독립적이었다."

이 평가는 헤밍웨이 인생 전체를 가장 기막히게 요약한다. 헤밍웨이는 어찌 보면 탁월한 재능을 타고난 고매한 문학 정신의 소유자였지만 또 다른 시각으로 보면 경솔한 재주꾼이었다. 또 어떻게 보면 자신의 생을 실험실에 내던진 풍운아였고, 세속적인 욕망의 소유자이기도 했다. 그는 알량함과 위대함, 나약함과 강건함을 모두 갖춘 남자였다. 깜짝 놀랄 만한 작품을 써내는가 하면 조롱거리가 될 만한 태작을 양산한 그의 생은 장르를 넘나드는 동시상영관 같은 복잡한 구석이 있었다. 비치는 책방에 나타난 젊은 헤밍웨이를 보고 단박에 이를 알아차린 것이다.

시인이자 비평가인 에즈라 파운드에 대한 묘사를 보자.

"파운드는 작품에 대해 이러쿵저러쿵 이야기하는 사람이 아니었다. 모더니즘의 리더로 유명한 그는 결코 자만하는 법이 없었다. 딱 한 번 자기 솜씨를 뽐낸 적이 있었는데 문학이 아니라 목수 일에 대해서였다."

이 단 몇 문장으로 비치는 파운드의 결벽증과 기인적 풍모를 설명해낸다.

감옥에 갈지도 모를 위험을 무릅쓰고 음란물로 규정된 제임스 조이스의 소설 《율리시즈》를 무삭제판으로 처음 출간한 것도 비치의 배짱이 아니었으면 불가능했다. 그는 이 책을 미국에 밀수출까지 했다. 이로 인해 조이스는 20세기를 대표하는 세계적인 작가가 될 수 있었다. 1941년 나치의 탄압으로 서점 문을 닫았을 때도 비치는 파리를 떠나지 않고 작가들을 돌봤다.

그렇다. 센강의 물결은 지금도 실비아 비치를 기억한다. 파리는 여자였다.

달빛이 스며드는 차거운 밤에는
이 세상의 끝으로 온 것 같이
무섭기도 했지만
책상 하나, 원고지, 펜 하나가
나를 지탱해 주었고
사마천을 생각하며 살았다

박경리
1926~2008

'한'과 맞바꾼
한국 문학의 대서사시

"무척 쌀쌀맞으시다던데. 질문 조심해야 할 거야."

1990년대 초반 소설가 박경리를 인터뷰하러 갈 때 문단과 언론계 동료들이 해 준 말이었다. 거듭된 인터뷰 요청에 결국 승낙하던 선생의 목소리에는 표현하기 힘든 따뜻함이 묻어 있었다.

"그렇게 꼭 와서 나를 만나야겠어요? 그럼 오세요."

나는 강원도 원주행 버스를 타고 가는 내내 한 여인의 삶에 골몰했다. 박경리의 소설은 거대한 항거였다. 한 불운한 시대에 대한, 물신주의에 대한, 남성중심주의에 대한 피맺힌 거사였다.

박경리는 1926년 경남 통영에서 태어난다. 아버지가 어머니를 버리고 다른 여인에게 가 버리자 박경리는 이른 나이에 아버지를 향한 불신과 증오를 배운다. 진주여고를 졸업하고 결혼하지만 전쟁이 그녀의 생을 할퀴고 지나간다. 서대문형무소로 끌려간 남편은 행방불명되고, 세 살짜리 아들마저 죽는다. 전쟁이 끝나고 폐허 위엔 당장 끼니를 걱정해야 할 친정어머니와 어린 딸, 그리고 자신이었다. 그 막막한 상황에서 칼을 드는 심정으로 펜을 든다. 그것이 작가 박경리의 시작이었다.

노년의 선생은 편안해 보였다. 텃밭에 심은 상추와 고추 이야기, 매일 집을 찾아오는 길고양이 이야기를 했다.

"난 내가 사마천이라고 생각하면서 글을 썼어. 행복했으면 글 같은 거 쓰지 않았을 거야. 그 억장이 무너지는 세월을 한 줄 한 줄 쓰면서 버텼지."

소설가가 된 이후에도 선생의 삶은 순탄치 않았다. 어지러운 세상은 선생과 불화를 일으켰다. 선생이 처음 소설을 들고 문단에 나왔을 때 가해진 남성들의 폭력은 유치했다. 그들은 박경리의 글보다 곱상하게 생긴 전쟁미망인이 등장했다는 것에 더 관심을 보였다. 이후 선생은 문단에 발길을 끊는다.

1957년 현대문학 신인상을 수상한 작품 《불신시대》는 사회의 폭력에 시달리는 전쟁미망인 이야기다. 어린 아들의 죽음을 놓고 사후세계를 흥정하는 종교인 앞에서 주인공은 위패를 태워 버리며 "내게는 아직 생명이 남아 있어. 항거할 수 있는 생명이"라고 외친다. 문학적 지명도를 얻은 이후에도 생은 순탄치 않았다. 외동딸인 김영애가 당시 유신 정권의 공적, 시인 김지하와 결혼한 것이다. 1960년대 후반과 1970년대에 선생은 손자를 키우며 사위 옥바라지까지 한다. 이 무렵 탄생한 작품이 바로 대하소설 《토지》다. 한이 하도 많아 웬만한 작은 칼이 아닌 큰 칼로 세상을 일도양단하고 싶었던 모양이다. 최참판댁 4대에 걸친 가족사와 한 마을의 집단적 운명, 동아시아 역사가 담긴 대작 《토지》는 그렇게 탄생했다.

선생은 2008년 세상을 떠난다. 선생이 발표한 시가 떠올랐다. 원주 집에서 들려준 이야기가 시에 담겨 있었다.

다행히 뜰은 넓어서
배추 심고 고추 심고 상추 심고 파 심고
고양이들과 함께 정붙이고 살았다
달빛이 스며드는 차거운 밤에는
이 세상의 끝의 끝으로 온 것 같이
무섭기도 했지만
책상 하나, 원고지, 펜 하나가
나를 지탱해 주었고
사마천을 생각하며 살았다
아아 편안하다 늙어서 이리 편안한 것을
버리고 갈 것만 남아서 참 홀가분하다

대학살에 관해서는
할 수 있는 말이 없어요.
새만 빼면. 그런데
새는 뭐라고 할까요?
새가 할 말이라곤
'지지배배' 밖에 없지
않을까요.

커트 보니것
1922~2007

냉소를 문학으로 격상한
블랙 코미디의 달인

제2차 세계대전이 일어나기 전, 독일 드레스덴은 '엘베강변의 피렌체'라고 불릴 정도로 아름다운 고도古都였다. 하지만 1945년 2월 13일부터 사흘간 드레스덴은 철저하게 파괴된다. 연합군 폭격기 527대가 4000톤의 폭탄을 들이부어 작센 왕국의 수도를 지옥으로 만든다. 엇갈리는 주장이 있기는 하지만 3만~4만 명 정도 민간인이 불타 죽었고, 도시 40㎢가 파괴됐다.

폭격 후 연합군 측 일각에서 '공습의 도덕성' 문제를 제기했다. 군수공장이 목표였지만 도가 지나쳤다는 주장이 이어졌다. 드레스덴 공습은 결국 인류의 흑역사로 남았다. 공습이 진행될 때 작가 커트 보니것은 드레스덴 포로수용소에 있었다. 코넬대학을 다니다 군에 입대한 보니것은 전투 중 독일군 포로가 돼 그 현장에 있었던 것이다. 연합군 포로수용소는 공격 목표가 아니었기에 목숨은 구했지만 공습 후 그는 산더미처럼 쌓인 불탄 시체를 처리하는 작업을 해야 했다. 이때 본 생지옥의 모습은 평생 그를 따라다녔다. 보니것의 대표작 《제5 도살장》에도 그 지옥의 그림자가 드리워져 있다. SF형식의 소설 《제5 도살장》에는 드레스덴 공습 현장이 절묘하게 희화된 모습으로 그려져 있다. 《제5 도살장》으로 세계적 명성을 얻은 보니것은 한 인터뷰에서 이렇게 말하기도 했다.

"드레스덴 폭격은 전쟁을 끝내지도, 독일군을 약화시키지도, 포로들을 구해내지도 못했다. 그 폭격으로 이익을 본 사람은 단 한 사람이었다."

이 말을 들은 기자가 "그게 누구냐?" 되물었다. 보니것이 대답했다.

"바로 나예요. 이 책을 써서 큰돈을 벌었으니까요."

보니것은 블랙유머의 달인이었다. 그는 절묘한 비틀기와 촌철살인의 조소로 그만의 문학세계를 구축했다. 《제5 도살장》에서는 누군가 죽어가는 부분마다 "뭐 그런 거지So it goes"라는 외마디 냉소가 흘러나온다.

"드레스덴은 달 표면 같았다. 광물 이외에는 아무것도 없었다. 돌은 뜨거웠다. 그 동네의 모든 사람이 죽었다. 뭐 그런 거지."

소설 《제5 도살장》의 주인공은 빌리 필그림이다. 그는 유럽에서 독일군의 포로가 되었다가 폭격에서 살아남은 후 다른 행성에서 온 비행접시에 납치된다. 이때부터 필그림은 시간과 공간 여행을 시작한다. 과거나 미래로 가기도 하고, 다른 행성에 가기도 한다. 소설은 분열적이다. 뒤죽박죽 엉킨 구조로 돼 있다. 하지만 어렵게 느껴지지는 않는다. 보니것만의 상상력과 문장, 묵직한 메시지가 복잡한 구조를 상쇄시켜 준다.

"대학살에 관해서는 지적知的으로 할 수 있는 말이 없기 때문이지요. 원래 모두가 죽었어야 하는 거고, 어떤 말도 하지 말아야 하는 거고, 실제로도 늘 그렇습니다. 새만 빼면. 그런데 새는 뭐라고 할까요? 대학살에 관해서 새가 할 말이라곤 '지지배배'밖에 없지 않을까요."

이 소설에서 가장 상징적인 부분은 필그림이 영화를 보는 장면이다. 필그림은 영화의 폭격 장면을 거꾸로 돌려본다. 그러자 비행기가 뒤로 날아가고, 포탄은 다시 포신으로 들어간다. 다시 비행기와 포신은 철 덩어리로 돌아간다. 군인들은 소년으로, 아이로 돌아가고 히틀러도 아기가 된다. 그리고 결국 모든 사람은 아담과 이브가 된다.

황당하지만 얼마나 상징적인가. 보니것은 불타 버린 세상을 되돌리고 싶어 했다. "유머는 끔찍한 인생을 한 발 물러나서 안전하게 바라보는 것이다"라고 했던 그의 말이 잊히지 않는다.

나는 무명인사입니다.

메아리 소리나

무리수無理數처럼

취급하든지

아예 무시하시고,

제가 만든 사전만

기억해주십시오.

제임스 머리
1837~1915

옥스퍼드 영어사전 편찬한
영어의 아버지

'곤경에 처하다'라는 의미의 영어 표현 'in a pickle'을 가장 먼저 사용한 사람은 셰익스피어다. 셰익스피어는 〈폭풍우The Tempest〉라는 작품에서 이 표현을 몇 차례 쓴다. 하지만 이 말은 셰익스피어가 직접 만든 표현이 아니었다. 같은 의미의 네덜란드 속담 'in de pekel zitten'에서 가져온 것이다.

이 같은 일화에서 알 수 있듯, 영어는 전형적인 혼혈 언어다. 대륙과 떨어진 변방의 섬이다 보니 고유의 말이야 당연히 있었겠지만 그 말은 지금의 영어와는 너무도 다르다. 지금의 영어는 유럽 대륙의 언어가 몰려들어 탄생시킨 혼합물이다.

생각해보자. 1066년 윌리엄이 영국을 정복한 이후 1399년 리처드 2세가 권좌에서 내려올 때까지 333년 동안 영국의 왕은 모두 프랑스어를 쓰는 사람들이었다. 게다가 학계나 종교계에서는 근대에 이르기까지 라틴어를 사용했다. 이뿐 아니다. 중세 이후 상인들은 네덜란드어와 스페인어를 들여와 사용했다.

'silk'처럼 중국어에서 온 단어도 있었다.

그렇다면 지금 전 세계에서 통용되는 통일된 현대 영어를 최초로 만든 장본인은 누구일까. 다름 아닌 '옥스퍼드 영어사전'이다. 더 구체적으로 말하면 71년에 걸쳐 옥스퍼드 영어사전을 편찬한 수천 명의 참여자다. 더 좁혀 말하면 영어를 만든 일등공신은 최장수 편집장으로 사전 작업을 기획하고 진두지휘한 제임스 머리다.

옥스퍼드 영어사전은 1857년 그 필요성이 제기되면서 편찬이 시작됐다. 하지만 작업은 20여 년 동안 여러 어려움 속에 지지부진한 상태로 있게 된다. 이때 영국문헌학회장이었던 머리가 3대 편집장이 된다. 평소 미친 사람이라는 말을 들을 정도로 집착이 심하고 따지기 좋아했던 그가 작업에 뛰어들면서 사전 편찬은 급물살을 탄다. 이후 30여 년 동안 머리는 1500명이 넘는 작업자를 통솔해 사전의 기틀을 마련했다. 총 41만개 어휘와 180만개 예문이 담긴 사전의 초판본은 그의 작품이었다. 머리는 작업이 난관에 부딪칠 때마다 후원자들에게 편지를 썼다.

"나는 아무런 사심이 없습니다. 나는 그저 이상적인 사전의 완성을 정말 보고 싶습니다. 이상적인 사전이 무엇인지 사람들에게 보여주고 싶습니다."

머리는 독특한 집필 방식을 선택했는데 이것이 영어 통일의 밑거름이 됐다. 역사적 원리와 예문을 기초로 어휘를 설명하는 방식이었다. 그는 한 단어의 세세한 의미와 철자, 발음이 수세기 동안 어떻게 변화했는지를 추적했다. 그리고 주관성을 배제한 채 철저히 예문과 용례로 단어의 뜻을 정리해 나갔다. 학자뿐 아니라 수많은 자원봉사자가 눈에 보이지 않는 힘을 보탰다.

자원봉사자 중 가장 많은 어휘와 예문을 보내온 사람은 W. C. 마이너였다. 1만여 개가 넘는 단어와 예문을 보내온 그는 정신병원에 수용된 미국 출신의 살인범이었다. 예일대에서 의학을 전공하고 남북전쟁에 참전했던 그는 정신병에 걸려 살인을 하고 수용소에 감금된 사나이였다. 어쨌든 그는 옥스퍼드 영어사전에 가장 많은 기여를 한 사람이 됐다. 훗날 호사가들은 "옥스퍼드 영어사전은 머리와 마이너라는 두 광인이 아니면 불가능했을 것이다"라고 말하기도 한다.

어쨌든 머리의 사전에 대한 애정은 숭고했다. 그는 명성을 얻은 다음에도 이렇게 말했다고 한다.

"나는 무명인사입니다. 메아리나 무리수無理數로 취급하든지 아예 무시하시고, 사전만 기억해주십시오."

인류는 지금까지 진화해왔지만
짐승의 세계와 백지장 한 장
차이밖에 나지 않는다.
인성이란 한 번 쿡 찌르면
그대로 찢어지는 얇고 힘없는
백지장이나 다를 바 없다.

모옌
1955~

영화 〈붉은 수수밭〉 원작 쓴
대륙의 마르케스

1980년대 후반 개봉한 장이머우 감독의 영화 〈붉은 수수밭〉은
충격이었다. 북방계 특유의 서늘한 눈빛과 처연함을 지닌 공리
의 연기도 뛰어났지만 무엇보다 내게 감동을 준 건 영화의 스케
일이었다. 아침 햇살 아래 바다처럼 넘실대는 수수밭, 원초적 생
명력과 역사의 비정함을 담은 웅장한 서사는 서양의 어느 대작
보다 뛰어났다.

　백미는 여주인공 추알이 죽는 순간 수수밭 위로 펼쳐진 개기
일식 장면이었다. 그의 남편과 아들을 뒤덮던 그 장엄한 붉은
빛을 잊을 수가 없다. 당시 나는 죽의 장막에 가려져 있던 중국
에서, 화장실 칸막이도 없다는 미개한 대륙에서 어떻게 이런 영
화가 가능했을까 하는 의문이 들었다.

　그리고 얼마 후 영화의 원작인 모옌의 소설 〈훙까오량 가족〉
을 읽었다. 또 한 번의 충격이었다. 마르케스가 울다 갈 정도의
환상적 리얼리즘과 포크너가 무색한 숙명적 서사가 그저 놀라

울 따름이었다. 부동산 사무실에 앉아 있을 법한 후덕한 외모에서 어떻게 이런 작품이 나왔는지 몇 번이나 저자의 프로필 사진을 들여다봤다.

"가오미 둥베이 마을은 의심할 바 없이 지구상에서 가장 아름다우면서도 가장 초라하고, 세속을 초월하면서도 한편으로는 가장 세속적이고, 최고로 성스러운가 하면 가장 추접스럽고, 최고의 영웅호걸도 있지만 가증스러운 철면피도 있고, 가장 술을 잘 마시는가 하면 사랑도 가장 멋지게 하는 마을이라는 것을."

소설의 배경이 되는 마을 소개만 봐도 작품의 폭과 깊이가 드러난다. 세월이 흘러 2012년 모옌은 노벨문학상을 받는다. 그 무렵 화제가 됐던 게 그의 필명이었다. 그의 본명은 관모예管謨業고, 모옌은 필명이었다. 모옌莫言은 '말이 없다'는 의미다. 그는 왜 '말이 없다'라는 필명을 쓰게 되었을까?

모옌은 1955년 산둥성 가오미현에서 태어났다. 그가 초등학교를 다니던 시절 문화대혁명이 몰아닥친다. 농민이었던 그의 아버지는 수많은 사람들이 말 한마디 때문에 처단되는 것을 보면서 아들에게 '절대 말을 하지 말라'는 신조를 심었다. 문화혁명 때문에 학업을 포기하고 공장 노동자로 일하던 그는 광풍이 사라진 이후 학업을 다시 시작하면서 소설을 쓰기 시작한다.

그때 모옌은 말은 하지 않고 글로만 소통하겠다는 의미로 아버지의 신념 '모옌'을 필명으로 쓰기 시작한다.

베이징 사범대학 루쉰 문학창작원을 마친 그는 1986년 《홍까오량 가족》을 발표한다. 여주인공 추알이 가난 때문에 나이 많은 양조장 주인에게 팔려 가면서 벌어지는 사건을 다룬 이 소설은 모옌을 일약 중국 문학의 신성으로 등극시킨다. 추알과 가마꾼의 사랑, 고량주로 상징해낸 중국 문화, 일제에 저항하는 시대상황까지 모두 녹여낸 소설은 흥미로우면서도 웅혼했다.

사실 모옌의 단편들도 훌륭하다. 그의 단편 중 〈영아유기〉라는 작품에는 이런 대목이 있다.

"나는 아름다운 해바라기 들판에 내버려진 여자아이가 수많은 모순을 한 몸에 안은 존재라는 사실을 깨달았다…. 인류는 지금까지 진화해왔지만 사실 짐승의 세계와 백지장 한 장 차이밖에 나지 않는다. 인성이란 사실 한 번 쿡 찌르면 그대로 찢어지는 얇고 힘없는 백지장이나 다를 바 없다."

모옌은 이 백지장의 위태로움을 소설로 썼다. 본능과 이성이라는 대척점 사이에 백지장 한 장 걸쳐놓고, 아슬아슬하게 살아온 인간의 역사를 쓴 것이다.

평범한 일상 속에,
버림받은 쓰레기 속에,
외면당한 남루 속에,
소설의 재료는
보석처럼 반짝거리고
있을 수도 있다.

박완서
1931~2011

소설에 장소성 구현한
현대문학의 장인

"번화가인 충무로조차도 불빛 없이 우뚝 선 거대한 괴물 같은 건물들 천지였다. 주인 없는 집이 아니면 중앙우체국처럼 다 타버리고 윗구멍이 뻥 뚫린 채 벽만 서 있는 집들, 이런 어두운 모퉁이에서 나는 문득문득 무서움을 탔다."

전쟁이 휩쓸고 간 서울 거리를 무대로 펼쳐지는 박완서의 소설 《나목裸木》에 나오는 장면이다. 이런 구절도 나온다.

"PX 아래층은 서쪽으로 삼분의 일쯤이 한국 물산 매장으로 되어 있다. 환한 조명 속에 펼쳐진 건너편 미국 물품 매장 쪽을 나는 마치 객석에서 무대를 바라보듯 설레는, 좀 황홀하기조차 한 기분으로 바라봤다." 여기서 말하는 PX는 지금의 신세계백화점이다. 원래 이 자리는 일본 재벌인 미쓰이가 갖고 있던 미쓰코시백화점이었고, 해방되면서 동화백화점으로 이름이 바뀌었다가 전쟁통에는 미군 PX로 사용됐다. 바로 이 PX가 스무 살짜리 예민한 문학 소녀 박완서의 직장이었다. 그리고 그곳

초상화부에는 염색한 미군 잠바를 입은 화가 박수근이 일하고 있었다.

　건축물이 아닌 문학작품에도 '장소성placeness'이라는 것이 있다. 장소성은 공간성과는 좀 다른 개념이다. 공간성이 건축물 자체의 개성에 집중한 개념이라면 장소성은 건축물의 분위기와 역사 등을 중시한 개념이다. 예를 들어 똑같은 건물이라고 해도 도시에 있는 것과 시골에 있는 것은 그 장소성에서 큰 차이가 난다.

　문학작품에 장소성을 가장 멋지게 구현한 작가가 박완서다. 그의 모든 소설은 장소성을 바탕으로 그려진다. 자주 등장하는 장소는 서울이다. 박완서는 1931년 황해도 개풍에서 태어났지만 여섯 살 무렵 서울로 이주해 노년까지 살았다. 《그 많던 싱아는 누가 다 먹었을까》는 서울 서대문구 현저동 산동네를, 《나목》에서는 6·25전쟁 중 명동과 충무로 거리를, 《그 남자네 집》에서는 성북구 돈암동 안감내천 주변의 모습을 발견할 수 있다. 가장 좋아하는 작품은 《그 남자네 집》이다. 이 작품은 그야말로 아름다운 청년과 구슬 같은 처녀가 전쟁의 폐허 속에서 나눈 애틋한 연정을 회고하는 이야기다.

　오십 년 만에 우연히 돈암동 성북경찰서 언저리를 지나치게 된 '나'는 오십 년 전의 '그 남자네 집'을 더듬어 찾는다. 순간 연탄불과 카바이드에서 훅 끼쳐 오는 냄새를 맡으며 어떤 아련한 추억이 떠오른다.

"나는 그날 밤 잠을 이루지 못했다. 그의 아름다운 얼굴에서 창백하게 일렁이던 카바이드 불빛, 불손한 것도 같고 우울한 것도 같은 섬세한 표정, 두툼한 파카를 통해서도 충분히 느껴지는 단단한 몸매, 나는 내 몸에 위험한 바람이 들었다는 걸 알아차렸다."

이 얼마나 솔직하고 아름다운 연정인가. 일흔이 된 노인이 오십 년 전의 연정 때문에 잠을 못 이루다니. 세월은 속절없이 흘렀지만 박완서는 지나간 장면 장면을 흑백사진으로 남겼다. 그가 남긴 흑백의 세상은 소소하지만 위대했다. 박완서는 생전 어느 문학상 시상식장에서 이런 말을 한 적이 있다.

"소설의 재료로 삼아서는 안 되는 게 있다고 생각하지 않는다. 오히려 평범한 일상 속에, 버림받은 쓰레기 속에, 외면당한 남루 속에, 감추어진 추악한 것 속에서 소설의 재료는 보석처럼 반짝거리고 있을 수도 있다."

어둑어둑해지는 충무로를 내려다보며 문득 박완서가 생각이 났다.

오리엔탈리즘은 서양의 학문,
서양인의 인식, 서양의 지배 영역 속에
동양을 집어넣은 것에 불과하다.

에드워드 사이드
1935~2003

지식인은 이미 만들어진 진부함과 싸우는 사람이다

이름을 보면 그 사람의 정체성을 상징하는 정보가 드러난다. 집안이나 성별이 읽히기도 하고, 태어난 시기가 짐작되기도 한다. 사실 외국인의 이름은 더하다. 성별은 물론 언어권이나 국가가 드러나고, 조상 내력이나 종교까지 짐작 가능하다. 따라서 이름은 한 사람의 개인사를 상징하는 하나의 기호체계다. 《오리엔탈리즘》이라는 책으로 유명한 에드워드 사이드의 이름을 생각해보자. 에드워드Edward는 너무나 전통적인 영국식 이름이다. 반면 사이드Said는 아랍식 이름이다. 어떻게 이런 이름이 작명될 수 있었을까.

에드워드 사이드는 1935년 예루살렘에서 태어났다. 부유한 사업가였던 아버지는 팔레스타인 사람이지만 미국 국적자였고, 기독교도였다. 전형적인 경계인이었던 아버지는 당시 영국 왕세자였던 에드워드의 이름과 집안 이름인 사이드를 조합해 이름을 지었다. 그러나 얼마 후 이스라엘이 건국되자 사이드 가족은

난민 신세가 돼 이집트로 이주한다. 영어식 이름에 미국 여권을 가진, 기독교를 믿는 소년 사이드는 이집트에서 늘 왕따 신세였다. 10대 후반 미국으로 유학을 떠난 다음에도 마찬가지였다. 앵글로·색슨이 주류인 학교에서 사이드는 동료들의 적대감에 시달리면서 청소년기를 보냈다. 하지만 총명했던 소년은 공부에 두각을 나타냈다. 프린스턴대학을 졸업하고 하버드대학에서 박사 학위를 받으면서 문명비평가로 활동하기 시작한다.

사이드는 지식인의 공적 참여를 중시했다. 그는 "지식인은 손쉬운 공식이나 미리 만들어진 진부한 생각들 혹은 권력이나 관습을 거부하는 사람이다"라고 말하곤 했다. 학문의 길에 들어서면서 그는 고민에 빠진다. 에드워드로 살 것인가 아니면 사이드로 살 것인가에 대한 선택의 기로에 선다. 그는 일단 사이드를 선택한다. '사이드의 눈'으로 동서양의 왜곡된 관계를 분석한 개념이 오리엔탈리즘orientalism이다.

"오리엔탈리즘 속에 나타나는 동양은 서양의 학문, 서양인의 인식, 서양의 지배 영역 속에 동양을 집어넣은 것이다."

동양의 개성이나 취향을 뜻하는 오리엔탈리즘이라는 개념이 사실은 철저히 서구인의 우월의식 속에서 만들어지고 왜곡된 것이라는 사이드의 주장은 많은 사람에게 공감을 이끌어낸다.

사실 오리엔탈리즘이라는 단어 속에 녹아 있는 정적인 이미지, 여성성, 나약함, 수동성 등은 서양의 역동성, 남성성, 능동성과 대척점에 있는 것들이다.

그는 궁극적으로는 지식인이 전문성의 함정에 빠지는 것을 경계했다. "이윤에 흔들리지 않으며 전문성에 묶이지 말고 경계와 장벽을 가로지르는 연결점을 만들어 더 큰 그림을 그리려는 욕구가 있어야 한다"고 강조했다. 그렇다. 그는 경계를 넘어서고 싶어 했다. 노년에 그는 사이드라는 장벽을 허물어 버린다.

그는 1999년 유대인 출신인 세계적인 지휘자 다니엘 바렌보임과 서동 시집 오케스트라West Eastern Divan Orchestra를 창설한다. 아랍과 이스라엘 젊은이들로 구성된 오케스트라를 통해 평화와 화합을 이루고 싶었던 것이다. 사이드는 2003년 사망했지만 오케스트라의 정신은 지금도 계승되고 있다. 화염병과 총탄이 날아다니는 팔레스타인 라말라에서 공연이 이루어지기도 했고, 2011년에는 지구상 마지막 분단국가인 한국 임진각에서도 콘서트가 열렸다.

에드워드 사이드는 주어진 운명을 지성으로 치환한 인물이었다.

사랑이란
이 세상의 모든 것
우리가 사랑에 대해
알고 있는 모든 것
이거면 충분하지,
하지만 그 사랑을 우린
자기 그릇만큼 밖에는
담지 못하지

에밀리 디킨슨
1830~1886

다락방에서
우주를 보다

영화의 첫 장면이 이렇다. 미국의 한 신학교 교장이 묻는다.

"죄를 회개하고 구원받기를 원하는가?"

모든 학생이 구원받겠다는 가운데 한 여학생이 거부한다.

"나는 죄를 느낄 수가 없어요. 스스로 자각도 못하는 죄를 어떻게 회개하죠?"

테런스 데이비스 감독의 〈조용한 열정〉에 나오는 장면이다. 교장의 질문에 당돌하게 맞선 여학생은 실존 인물이다. 그녀는 에밀리 디킨슨으로 훗날 휘트먼을 뛰어넘는 이미지를 만들었다는 평가를 받는 여성 시인이다. 평생 1700여 편에 달하는 시를 썼지만 생존했을 때 단 7편 밖에 발표하지 않았다. 작품이 본격적으로 세상에 알려진 건 그녀가 죽고 60년쯤 지나 첫 시집이 출간되면서부터였다. 사람들은 그때서야 깨닫는다. 그녀가 골방에서 얼마나 힘들게 편견과 싸우며 수정 같은 이미지를 만들어 냈는지를. 정신을 확장하는 방법에는 두 가지가 있다. 세상에 나가 싸우는 것, 아니면 문을 완전히 닫아거는 것. 디킨슨은 문을 닫아걸고 우주를 본 여인이었다.

단 4줄짜리 시, 〈사랑이란 존재하는 모든 것〉을 보자.

사랑이란 이 세상의 모든 것
우리가 사랑에 대해 알고 있는 모든 것
이거면 충분하지, 하지만 그 사랑을 우린
자기 그릇만큼 밖에는 담지 못하지

19세기에 쓰였다고는 믿기 어려울 만큼 시대를 앞선 상상력을 담고 있었다. 군더더기 없이 써 내려간 실존적 감수성과 빛나는 이미지는 경지에 이른 예술지상주의자의 면모를 보여준다. 디킨슨은 가부장제를 비롯한 모든 권위적인 이데올로기와 화해하지 않았다. 또 다른 장면을 보자. 무릎을 꿇고 가족기도를 하자는 목사의 말에 디킨슨은 무릎을 꿇지 않는다.

"제가 반항아처럼 보이시겠지만, 제 영혼은 제 거예요."

디킨슨은 칼뱅주의자들이 모여 살던 매사추세츠주 애머스트에서 태어났다. 자연의 섭리를 사랑했으며, 독서를 좋아했다. 하지만 자신의 뜻대로 살 수 없는 여성의 운명에 절망한다. 그녀는 적당한 나이에 결혼하고, 아이를 낳고, 그림자처럼 사라지는 삶을 살지 않기로 결심한다. 대신 고독을 선택한다. 디킨슨은 가족과만 소통하면서 스스로 세상을 향한 문을 닫아 버렸다. 그런데 놀라운 것은 문을 닫아걸고 써 내려간 그녀의 시편이었다. 그 수준은 압권이었다. 동양의 승려들이 면벽수도를 하듯 그녀는 굳게 닫힌 방에서 우주의 질서를 깨쳤다. 그녀의 인생을 다룬 영화 제목이 왜 〈조용한 열정〉인지 이해가 된다. 영화 후반부에는 56세 나이로 세상을 떠난 디킨슨의 장례식 모습이 비치고 자신의 죽음을 예견한 듯 써 내려간 시 한 편이 흐른다.

내가 죽음 때문에 멈출 수 없기에
친절하게도 죽음이 나를 위해 멈추었네
수레는 실었네, 우리 자신은 물론
또 영원을
우린 천천히 나아갔네
죽음은 서두르지 않았네
그래서 난 죽음에 대한 예의로
내 고통도 안일도 함께
실어버렸네

6

새로운
지성을 위하여

보편적이지 않은 의견을 갖는 걸
두려워하지 말라. 지금 보편적으로
널리 받아들여지는 의견도 처음 나
왔을 때는 별난 것이었다.

증거만을 따라가는 것은
회의적인 자세로 보일지도
모른다. 하지만 의심이
없으면 과학은 앞으로
갈 수 없다. 과학의 진보는
신이 만든 어두운 계곡에
환한 빛을 드리울 것이다.

닐 다그래스 타이슨
1958~

의심이 없으면
과학은 진보하지 않는다

"가다가 눈이 많이 내려서 버스가 멈추면 이 번호로 전화하게나. 내가 집에서 재워줄 테니."

함박눈이 퍼붓던 1975년 어느 날 밤 뉴욕. 당대 최고 천문학자였던 칼 세이건은 한 흑인 소년 손에 전화번호를 적은 쪽지를 쥐어 준다. 이날 밤의 만남은 17세 소년의 운명을 바꾼다. 소년의 이름은 닐 다그래스 타이슨으로 최근 가장 주목받는 천체물리학자다. 세이건은 따뜻하고 진지한 사람이었다. 세이건은 그날 자신에게 편지를 보냈던 타이슨을 뉴욕 이타카의 집으로 초대했다. 우주의 역사 이야기에 빠져 날이 저물었고, 밖에는 눈발이 굵어지고 있었다. 집으로 돌아가기 위해 현관을 나서는 소년에게 세이건은 쪽지와 함께 '미래의 천문학자 닐에게'라는 사인이 담긴 책을 선물했다.

세이건의 예언대로 타이슨은 천문학자로 성장했다. 그는 하버드대학에서 물리학을 전공하고 컬럼비아대학에서 천체물리학 박사가 된다. 최연소 미국 자연사박물관 천문 관장이 됐고, 프리스턴대학 교수로 재직하면서 미국 우주탐사 계획의 브레인 으로도 활동했다. 그리고 어느 날 운명처럼 전설적 과학 다큐멘터리 〈코스모스〉의 21세기 버전 진행자가 된다. 세이건이 이 다큐를 통해 온 세계인을 우주의 신비로 안내한 지 꼭 34년 만의 일이었다. 타이슨은 그 인연을 횃불이라고 했다.

"과학은 몇 세대에 걸쳐 협력을 요하는 장기적 과제입니다. 스승이 제자에게, 제자가 다시 스승에게 횃불을 전달하는 일입니다. 고대의 기록에서 별들의 기록까지 아우르는 생각의 교류입니다."

가장 최근 출간된 타이슨의 저서는 《블랙홀 옆에서》다. 책에는 과학 스토리텔러의 역량과 무신론자로서의 신념이 가득하다.

"나는 무엇이건 실제로 작동하는 것을 믿는다. 신념이 아닌 증거만을 따라가는 것은 일견 회의적인 자세로 보일지도 모른다. 하지만 의심이 없으면 과학은 앞으로 나아갈 수 없다. 미지의 계곡을 신이 만들어 놓았다 해도 과학의 진보는 결국 모든 계곡에 환한 빛을 드리울 것이다."

타이슨은 책에서 지식의 눈을 가리는 낭만적인 우주관을 반격하면서 냉혹하고 짓궂은 우주의 모습을 찬양한다. 이 책이

재미있는 것은 엎치락뒤치락하면서 다퉈온 우주와 인간의 역동적 관계에 초점이 맞춰져 있기 때문이다.

"이 우주는 단순한 집합체가 아니다. 복잡하게 얽히고설킨 각본에 따라 수많은 배우들이 공연하는 무대와 같다."

일약 스타가 된 타이슨에게는 비판자들이 많다. 타이슨은 세이건과는 달리 엔터네이너 기질이 있다. 과학자들은 SNS나 방송 등에서 자신의 주장을 여과 없이 피력하는 타이슨에게 반감을 품기도 한다. 타이슨은 "미국인들이 미식축구에 뇌를 조금만 덜 사용했으면 지금쯤 하늘을 나는 차를 만들었을지도 모른다"는 말로 SNS를 뜨겁게 달구고 그로 인한 논쟁을 두려워하지 않는다. 영화 〈그래비티〉를 보고는, "우주정거장 사이의 거리가 얼마나 무지막지하게 먼데 서로 다른 정거장 사이를 건너서 이동하는 게 말이 되냐"는 글을 올려 영화 팬들의 원성을 사기도 했다. 명왕성을 행성에서 퇴출시키는 데 앞장서, 반대파의 공격을 받기도 했다.

하지만 그는 흔들리지 않는다. 과학의 진보와 의심하는 정신이 삶과 존재에 대한 이해를 고양시켜 줄 것이라고 믿기 때문이다. 신이 만든 미지의 계곡에 하나씩 둘씩 환한 빛을 드리우는 것이 과학의 일이라고 믿는 것이다.

사랑은 자유롭고 자발적일 때
성장하며 의무라고 생각하는 순간
죽는다. 따라서 법으로 옭아매는
결혼은 실패하게 되어 있다.

버트런드 러셀
1872~1970

행동 없는 이성
경멸한 수학자이자 사상가

1940년 영국의 수학자이자 철학자인 버트런드 러셀이 미국 뉴욕대학 교수로 초빙된다. 그 소식이 알려지자 미국 보수 기독교인들과 정치가들은 법원에 소송을 건다. 러셀이 교수직에 적합하지 않은 인물이라는 것이 소송의 이유였다. 그들의 소송 대리인은 법정에서 이렇게 말한다.

"방탕하고 음탕하며, 호색적이고, 음란하고, 색정적이고, 위엄이 없고, 편협하며, 허위이고, 도덕의 흔적이라고는 찾아볼 수 없다."

사용 가능한 거의 모든 퇴폐적인 단어를 동원해 비난을 퍼부은 소송은 러셀의 패배로 끝난다. 잇달아 미국의 다른 대학들도 러셀에게서 등을 돌린다. 이 판결이 채택한 결정적인 증거는 《결혼과 도덕》이라는 러셀의 에세이였다. 《결혼과 도덕》은 결혼생활에서 요구되는 도덕이라는 것이 사실은 뿌리 깊은 남성중심주의와 여성 차별에서 비롯된 것임을 주장한 책이다. 러셀은 태어난 아이가 자신의 자식인지 확인할 수 없었던 원시시대 남성들이 여성에게 정절을 강요했고, 이것이 결국 남성우월의식의 기원이 됐다고 말한다.

러셀은 결혼에서 가장 중요한 것은 역시 '사랑'이라고 말한다. 그는 여성에게 사랑 없는 결혼생활을 거부할 권리가 있음을 분명히 했다. 사랑 없이 억압만 존재하는 결혼 대신 자유연애를 지지했다.

"사랑은 자유롭고 자발적일 때 성장하며 의무라고 생각하는 순간 죽는다. 따라서 법률로 옭아매는 결혼은 실패하게 되어 있고, 도덕이 엄격할수록 성매매는 성행하게 되어 있다. 그러므로 자유연애만이 답이다."

러셀은 임용 거부 사건이 일어난 지 불과 10년 만에 문제가 됐던 바로 그 책 《결혼과 도덕》으로 노벨문학상을 받는다. 주류 세력에게 음탕하다고 비판을 받았던 책이 '사랑'의 이름으로 공인되는 순간이기도 했다.

러셀은 수학자로 학문의 길을 시작했지만 그가 열정을 기울인 분야는 여성 인권과 반전 등 사회운동이었다. 1900년대 초반부터 여성 참정권을 주장하는 강연을 하고 다닌 그에게 계란 세례는 아주 익숙한 일이었다고 한다. 행동가였던 그는 제1차 세계대전이 끝난 후 영국노동당에 입당한다. 공산주의에도 우호적이었던 그는 볼셰비키 혁명이 성공한 소련을 방문해 레닌과 트로츠키를 만나고 다시 중국으로 가서 마오쩌둥을 만난다. 러셀은 이 외유에서 실망만을 안고 돌아온다. 소련과 중국 방문후 그의 비폭력 사상은 더욱 공고해진다. 러셀이 레닌을 만났을 때 이야기는 《인기 없는 에세이》에 기록되어 있다.

"레닌을 만났을 때 나는 그가 거대한 위인이라는 인상을 받지 못했다. 내가 농업에서의 사회주의에 대해 묻자 그는 자기가 어떻게 가난한 농민들을 선동해 부자 농민들과 싸우게 했는지 신이 나서 설명했다…. 낄낄거리는 그의 웃음소리를 듣고 학살당한 사람들을 생각하니 등골이 서늘했다."

러셀은 "그 어떤 이성도 정열 없이는 무의미하다"는 데이비드 흄의 말을 실천한 사상가였다. 그는 실험적인 인생을 살았다. 반차별, 반전, 반핵 운동으로 수차례 감옥에 투옥됐고, 공식적인 결혼만 4번 했다. 그는 행동 없는 이성을 경멸한 행동기였다. 죽은 물고기처럼 물살을 따라 흘러가지 않았다.

"보편적이지 않은 의견을 갖는 걸 두려워하지 말라. 지금 보편적으로 널리 받아들여지는 의견도 처음 나왔을 때는 별난 것이었다."

이 배에는 강력하고 편리한
온갖 종류의 일을 하는
동력이 있습니다.
이 배의 최고 권력 기관이지요.
그것은 열과 빛을 공급해주는
기계의 영혼입니다.

쥘 베른
1828~1905

인터넷, 달 착륙 예언한
공상과학 소설의 지존

지금은 한국에서 절판됐지만 쥘 베른의 《20세기 파리》는 놀라운 책이다. 베른이 1863년에 집필한 이 소설은 쓰인 당시로부터 100년 후인 1963년 파리의 모습을 그리고 있다. 베른은 소설에서 20세기 중반 도시의 모습을 기막히게 예언해낸다. 텔레비전, 에어컨, 유리 고층 빌딩, 엘리베이터, 컴퓨터와 인터넷 그리고 국제금융시스템까지 예언한다. 모두 지금 현실이 된 것들이다. 베른은 전무후무한 공상과학 작가였다. 그의 상상력은 100년 이상 앞섰다. 그가 써낸 건 한 편의 소설이었지만 그의 예언은 과학은 물론 정치, 경제, 사회, 문화 전반에 영향을 끼쳤다.

1954년 1월 미국에서 역사상 최초인 원자력 잠수함 진수식이 열렸다. 세계에서 처음으로 북극 빙원 밑을 통과한 이 잠수함의 이름은 노틸러스호였다. 노틸러스는 베른의 소설 《해저 2만리》에 등장하는 바로 그 잠수함이다. 《해저 2만리》에는 이런 대목이 나온다.

"이 배에는 강력하고 편리하게 사용할 수 있는, 온갖 종류의 일에 적합한 동력이 있습니다. 말하자면 이 배를 지배하는 최고 권력 같은 존재지요. 모든 일은 그것에 의해 이루어집니다. 그것은 열과 빛을 공급해주는 기계의 영혼입니다."

지금 이 문장을 읽고 원자력을 떠올리는 건 어렵지 않다. 이뿐 아니다. 《지구에서 달까지》는 로켓을 활용해 달에 착륙하는 이야기가 나온다. 훗날 우주 탐험에 큰 역할을 한 과학자들은 입을 모아 어린 시절 이 책에서 얻은 감동을 이야기했다. 이밖에도 《2889년》이라는 작품에서는 영상통화를, 《정복자 로부르》에서는 헬리콥터를 예언했고, 대표작인 《80일간의 세계 일주》에서는 표준시간대 계산법을 적용한다. 만화, 애니메이션, 영화도 베른에게 많은 빚을 졌다. 그는 화수분처럼 샘솟는 공상과학의 모티프였다. 세계 로봇 애니메이션의 효시라는 도미노 요시유키 감독의 〈기동전사 건담〉은 베른의 소설 《15소년 표류기》 미래 버전이다. 만화와 영화로 크게 히트한 〈젠틀맨 리그〉에도 노틸러스호와 네모 선장이 등장한다.

베른은 1828년 프랑스 서부 낭트에서 태어났다. 당시 낭트는 다양한 국적의 사람들이 드나드는 큰 항구도시였다. 그는 낭트 항구를 가득 채운 배와 신기한 물건들, 선원들의 모험담을 보고 들으며 성장했다.

베른의 기질을 보여주는 유명한 일화가 있다. 그는 열한 살 무렵 사촌누이 캐롤라인을 짝사랑했다. 캐롤라인에게 귀한 산호 목걸이를 선물하기로 결심한 그는 인도로 가는 범선에 견습생으로 승선한다. 하지만 출항 전 아버지에게 발각돼 "앞으로 여행은 꿈속에서나 하라"는 엄포를 듣는다. 아버지 명령이 무섭긴 했던 것 같다. 법학을 전공한 그는 꿈속에서 세계를 여행하며 100년 후 세상을 그려냈다.

베른은 소설 《지구 속 여행》에 이런 구절을 써넣는다.

"과학은 오류 투성이지만, 그런 잘못은 종종 저지르는 게 좋아. 잘못을 저지를 때마다 우리는 한 걸음씩 진리를 향해 나갈 수 있으니까."

베른의 예언 중 한 가지 틀린 것이 있다. 그는 《20세기 파리》에서 문학, 즉 시詩가 멸종할 것이라고 예언했다. 파리가 비인간적인 기계도시로 바뀌면서 시인은 점차 사라질 것이라고 예언했지만 아직도 누군가는 시를 쓰고, 누군가는 시를 읽는다. 한 세기 전 세상을 떠난 그가 하늘에서 이를 지켜본다면 뭐라고 했을까. 아마도 멋쩍게 웃고 있을 것 같다.

동시대 아일랜드인들이 슬픈 노래를
부를 때마다 나는 논리적인 결론에
도달하려고 애썼다. 아일랜드의 언덕 위에서
사색만 하면서 인생을 보낼 수는 없었다.

조지 버나드 쇼
1856~1950

사람들은 신에게
기도하지 않고 구걸한다

우리는 조지 버나드 쇼를 잘 모른다. 너무 익숙한 이름이지만 그의 대표작이 무엇이냐고 물으면 답을 할 수 있는 사람이 드물다. 심지어 그가 노벨문학상을 받았다는 사실조차 모르는 사람도 많다. 아카데미상을 받은 영화 〈마이 페어 레이디〉의 원작이 쇼의 《피그말리온》이었다는 사실을 아는 사람이 몇이나 될까. 그가 사회과학 분야 명문대인 영국 런던정치경제대학 공동설립자라는 사실을 아는 사람은 또 얼마나 될까. 무엇 때문에 그는 이름만 남은 유명인이 됐을까.

아마도 그가 명언 제조기였기 때문인 것 같다. 촌철살인의 위트로 유명했던 쇼는 자신의 마지막 묘비명마저 희대의 명언으로 남겼다. '우물쭈물하다 내 이럴 줄 알았다'가 그의 묘비명이다. 진지하고 뛰어난 문학적 깊이를 가진 그는 왜 하필 위트의 달인을 자처했을까.

답이 나와 있는 책이 있다. 영국의 탁월한 전기작가 헤스케드 피어슨이 쓴 《버나드 쇼—지성의 연대기》에 보면 이런 대목이 나온다.

"내가 동네 언덕에 올라 더블린을 내려다보며 내 자신에 대해서만 사색했다면 나도 예이츠 같은 시인이 됐을지 모른다. 하지만 동시대 아일랜드인들이 슬픈 노래를 부를 때마다 나는 슬픔 대신 논리적인 결론에 도달하려고 했다. 그리고 언제나 코미디만이 현실을 뛰어넘을 수 있었다. 나는 아일랜드 언덕에서 인생을 사색만 하면서 보낼 수 없었다."

이 문장을 꼼꼼히 뜯어보면 단서가 발견된다. 쇼는 가난한 아일랜드 태생이었다. 그는 같은 아일랜드 태생인 예이츠만큼 문학적 재능을 타고났지만 슬픔을 마음속에서만 삭이는 성격이 아니었다. 이 지점에서 서정시의 세계를 완성한 예이츠와 쇼의 운명이 갈라진다. 쇼는 아일랜드의 슬픔을 보면서 사회 구조적인 모순을 찾고자 했고, 그것을 극복하고 싶어 했다. 그가 암담한 현실을 극복하는 방식이 바로 위트였다. 거대한 모순과의 정면 대결은 어차피 계란으로 바위 치기였다. 그래서 그는 위트를 선택했고, 그의 위트는 어떤 정치적 구호보다도 힘이 셌다.

파산한 곡물거래상의 아들로 더블린에서 태어난 쇼는 10대 초반에 부동산거래소의 급사로 처음 사회 경험을 한다. 하지만 이내 런던 행을 결심한다. 모순의 한복판으로 들어가기로 결심한 것이다. 그는 런던에서 본격적으로 글을 쓰기 시작한다. 초기작 《미완성》《부적절한 결혼》 등을 발표하고, 사회성 짙은 토론클럽에 출입하면서 재야의 고수로 이름을 날리기 시작한다. 그는 주류 지식인들에게 반발해 전쟁과 영국 왕실, 그리고 국수주의를 비판했다.

그의 글쓰기는 전방위로 확산됐다. 입센의 연극에 매료되면서 희곡을 쓰기 시작했고, 예술평론도 발표했다. 1903년에 발표한 희곡 〈인간과 초인〉으로 그는 세계적인 명성을 얻는다. 1925년에는 희곡 〈성녀 존〉으로 노벨문학상을 받는다. 그의 전기를 읽다 보면 그가 탄생시킨 명언들은 하나같이 그의 삶 속에서 잉태된 것임을 알게 된다.

어린 시절 쇼는 현실의 고통에 맞서지 않고 오로지 기도에만 매달리는 사람들을 보며 무신론자가 되기로 결심한다. 그 무렵 남긴 명언이 있다.

"사람들은 대부분 신에게 기도하지 않고, 신에게 구걸한다
Most people do not pray; they only beg."

내가 한 번 더
살 수 있다면 나는 책을
쓰지 않을 것이다.
성자처럼 사는 사람들의
단체를 만들 것이다.
100권의 책을 쓰느니
한 푼이라도 기부하는
삶을 살 것이다.

윌 듀런트
1885~1981

세상은 인간이
개선된 만큼만 나아진다

"공원에서 아이들과 장난치며 노는 부모들을 볼 때 나는 그들 역시 생명의 기도 중 일부라는 생각이 든다. 임대주택 계단에 앉아 아이에게 젖을 먹이는 가난한 '성모'는 모든 기계 장치 뒤에 숨어 있는 생명의 한 상징이자 힘으로 보인다. 이것이 내가 숭배하는 신이다."

윌 듀런트의 책 《노년에 대하여》를 읽다가 발견한 부분이다. 듀런트는 신이 낮은 곳에 있어야 한다고 믿었던 사람이다. 그는 철학 역시 낮은 곳에 있어야 한다고 믿었다. 20세기를 대표하는 문명사학자이자 철학자였지만 그는 상아탑 속의 학자가 아니었다. 그는 모든 사람들이 읽을 수 있는 책을 썼고, 부두노동자 앞에서도 철학을 강의했다.

"내가 인생을 한 번 더 살 수 있다면 역사나 철학에 관한 글을 쓰지 않을 것이다. 나는 모든 전쟁에 반대하는 평화주의 등 그리스도 윤리를 최대한 따르겠다고 맹세한 사람들의 단체를 만드는 데 헌신할 것이다. 사람들이 이 글을 얼마나 놀려댈지 상상이 간다. 성자에 가까운 사람들의 단체를 만들겠다니…. 그래도 나는 100권의 책을 쓰는 것보다 한 푼이라도 기부하는 편을 택할 것이다."

듀런트가 대중과 엘리트 사이의 간극을 좁히기 위해 선택한 방법은 '이야기'였다. 그의 철학서에는 이야기가 있다. 철학 입문서를 쓴 학자들은 많다. 하지만 듀런트의 《철학 이야기》만큼 사랑 받은 책은 없다. 《철학이야기》는 그 자제로 하나의 분야로 불릴 만큼 철학에 접근하는 새로운 방법을 알려준다.

우리는 듀런트의 책을 통해 평생 자신이 태어난 동네를 떠나지 않았던 칸트의 내면과 엄친아 베이컨이 집안의 몰락 이후 경험론자가 되어가는 과정, 믿고 의지했던 유대인 공동체에서 쫓겨나 한 줄기 빛을 발견했던 스피노자의 상처를 만날 수 있다. 대다수 철학자들이 다른 철학자들을 깎아 내기 위해 책을 썼다면 듀런트는 다른 철학자들의 삶으로 걸어 들어갔다.

듀런트는 1885년 미국 매사추세츠의 가톨릭 가정에서 태어났다. 성직자가 되기 위해 신학대학에 들어갔으나 중도에 포기한다. 급진적인 사회주의자가 된 그에게 사회주의와 신앙은 조화하기 힘든 주제였다. 뉴욕의 진보 교육기관인 페레르 학교에서 교편을 잡으며 운동에 헌신하던 듀런트는 다시 컬럼비아대학에 진학한다. 인간 근본에 대한 답을 얻고 싶었던 그는 생물학과 철학을 공부해 박사 학위를 받았다. 졸업 후에는 자유주의자로 전향해 저술과 연구에 투신한다.

그는 직접 겪은 질풍노도의 경험을 통해 한 가지를 깨닫는다. 세상이 우리(인간)보다 더 빨리 개선되기를 기대하면 안 된다는 것이었다. 세상은 딱 인간이 개선된 만큼 개선된다는 통찰을 얻어낸다.

"만약 우리가 지적인 연구, 공평무사한 역사, 간소한 여행, 정직한 생각으로 우리의 지평을 넓힐 수 있다면 다른 사람의 욕구와 견해, 희망을 의식하고 다양한 문화와 가치관에 주의를 기울일 수 있다면, 보편적인 공감대가 들어설 공간을 찾을 수 있을 텐데."

인생은 듀런트의 말처럼 근본적으로 수수께끼이며 생각하기도 벅찬 만큼 복잡하다. 그래도 다행스럽게 우리는 아름다움을 보면서 웃음 지을 수 있는 능력과 가슴 아픈 일을 대하면 눈물을 흘릴 수 있는 능력, 그리고 그 경험을 이야기로 옮길 수 있는 능력을 타고났다. 이야기가 우리를 지켜주는 것일지도 모른다.

이름 없는 사람들의 기억은
유명한 사람들의 기억보다
존중받기 어렵다.
그러나 역사는 이름 없는
자들의 기억에 바쳐진다.

발터 벤야민
1892~1940

인류는 결국 기억을 통해
구원을 얻는다

오래된 물음이 생각난다. 올바른 역사 서술이란 뭘까. 과거에 있었던 일을 복제해 그대로 보여주는 것일까. 아니면 해석해서 보여주는 것일까. 후자를 택한 유대계 독일 사상가 발터 벤야민은 '기억'이라는 키워드를 내세운다. 벤야민은 기억만이 실패한 과거를 구원할 수 있다고 말한다. 그는 공식적인 역사 서술에서 제외된 사람들의 기억에 눈을 돌린다. 그의 저서 《역사의 개념에 대하여》는 이렇게 적고 있다.

"이름 없는 사람들의 기억은 유명한 사람들의 기억보다 존중받기 어렵다. 그러나 역사의 구조는 이름 없는 자들의 기억에 바쳐진다."

무슨 이야기일까. 벤야민은 이성에 의한 역사적 진보를 믿는 사람이다. 그는 인류의 이성적 진보는 과거의 상처를 극복해야만 가능하다고 믿는다. 그리고 상처 극복은 '이름 없는 자들의 아픔을 기억하는 것'에서 시작돼야 한다고 말한다.

"역사는 구성의 대상이며 이때 구성의 장소는 균질하고 공허한 지나간 시간이 아니라 현재의 시간으로 충만된 시간이다."

역사는 결국 지금을 사는 사람들에 의해 구성되고 기억돼야 한다는 말이다. "역사는 현재와 과거 사이의 끊임없는 대화"라고 했던 에드워드 핼릿 카의 말과도 통하는 주장이다.

미완의 유작 《아케이드 프로젝트》로 훗날 세상을 놀라게 한 '아우라' 개념의 창시자 벤야민은 역사의 희생자였다. 유대인이었던 그는 제2차 세계대전이 한창일 때 자살을 선택한다. 겁 많고 예민한 천재는 눈앞에서 벌어지는 나치의 광기를 도저히 볼 수 없었다. 그는 훗날 인류가 이 광기를 기억해주길 원했다. 자신은 죽지만 죽은 자신이 기억으로 환생하길 바랐던 것일까. 그의 책 곳곳에는 묵시록 같은 말들이 적혀 있다.

"기억에 의해 구원된 인류에게 비로소 그들의 과거가 온전히 주어지게 된다. 이 말은 구원된 인류에게 마침내 그들의 과거가 인용될 것이라는 뜻이다."

그렇다. 기억하는 자만이 과거의 주인이 될 수 있다. 유럽의 지식인들이 나치 만행이 저질러진 장소가 그대로 보존되기를 원했던 이유도 그 때문이 아닐까. 기억만이 과거를 구원할 수 있을 테니까.

벤야민은 역사는 시계의 시간이 아닌 달력의 시간으로 이뤄진다고 했다. 시계의 시간은 무슨 일이 벌어지든 기계적으로 진행된다. 균질되고 중성화된 시간이다. 하지만 달력의 시간은 '기념하는 시간'이다. 달력은 지나간 일을 기념하고 기억한다. 따라서 달력의 시간은 의미로 채워진 시간이다. 그리고 달력은 새롭게 만들어진다. 기념해야 할 일들이 새롭게 생기기 때문이다.

벤야민뿐 아니라 그의 가족 모두에게 시대는 가혹했다. 반체제 의사였던 남동생 게오르그는 강제수용소에서 학살당했고, 사회학자였던 여동생 도라는 평생을 파시즘과 싸웠다. 이들은 유명한 자신보다 유명하지 않은 사람들의 죽음이 더 기억되길 원했다. 그들은 기술적 진보가 인류의 진보이고, 그것이 곧 역사의 진보라는 어설픈 공식을 인정하지 않았다.

"과거를 역사적으로 표현한다는 것은 '무슨 일이 있었다'를 인식하는 것이 아니다. 위험의 순간에 섬광처럼 스쳐가는 어떤 기억을 붙잡는 일이다."

그렇다. 역사를 쓴다는 것은 망각에 대항해 봉기하는 일이다.

모든 경험은 하나의 아침이다.
그것을 통해 미지의 세계는 밝아 온다.
경험을 쌓아 올린 사람은 점쟁이보다
더 많은 것을 알고 있다.

레오나르도 다빈치
1452~1519

아는 것이 적으면
사랑하는 것도 적다

하나의 시대가 끝나려 할 때

다시 한번 시대의 가치를 종합하기 위하여

기필코 오는 그런 사람이 있다

독일의 시인 라이너 마리아 릴케는 막 근대가 시작된 20세기 초 이런 의미심장한 시를 읊조렸다. 그랬다. 한 시대가 끝나고 새로운 시대가 올 때 어김없이 우리는 천재의 도움을 받았다. 아리스토텔레스가 그랬고, 코페르니쿠스가 그랬다. 뉴턴이 그 랬고 아인슈타인이 그랬다. 시대를 연 천재들 중 가장 매력적인 인물은 누구일까. 나는 레오나르도 다빈치를 꼽고 싶다. 역사에 남은 많은 천재는 대부분 한 우물만 판 외골수였지만 다빈치는 신이 내린 팔방미인이었다.

1981년 러시아 상트페테르부르크 에레미타즈 박물관에서 《코덱스 로마노프》라는 책자가 발견됐다. 분석 끝에 이 책의 저자가 다빈치임이 밝혀졌다. 학계는 고개를 갸우뚱거렸다. 요리책이었기 때문이었다. 식사 예절, 식습관, 새로운 요리법, 주방 관리법, 발명해야 할 조리기구 등 음식 문화 전반에 대한 내용이 담겨 있었다. 특히 눈길을 끈 것이 조리기구에 대한 내용이었다. 다빈치는 책 속에 새롭게 발명해야 할 조리기구 설계도를 치밀하게 그려놓았다. 스파게티용 면발 뽑는 기계, 삶은 계란을 균등하게 자르는 장치, 삼지창 포크, 냅킨 건조대, 마늘 빻는 기구, 후추 가는 도구 등 책에 등장하는 요리도구는 놀랍게도 현대인들이 지금 쓰고 있는 것들이었다.

다빈치는 어린 시절부터 동물, 특히 새에 관심을 가졌다. 그가 다닌 미술학교 교사들에게 다빈치는 문제아였다. 그리라는 것은 안 그리고 이상한 날개만 그리는 다빈치는 골칫거리였다. 당시 세상이 원하는 그림은 성화聖畵였다. 성경 속 이야기나 인물을 조금 과장해 그리는 것이 그림의 전부였다. 다빈치는 결론을 정해놓고 상상력을 제한하는 성화가 싫었다. 당시 학교에는 당대 최고 화가 안드레아 델 베로키오가 교사로 있었다. 어느날 베로키오는 다빈치를 불러, "날개만 그리지 말고 무릎을 꿇고 기도하는 천사의 모습을 그려 보아라" 지시했다. 다빈치는 붓을 잡고 놀라운 속도로 그림을 그리기 시작했다. 다빈치의 붓놀

림이 지나간 자리에서는 숨어 있던 형상이 나타나듯 천사가 모습을 드러냈다. 충격을 받은 베로키오는 이렇게 말했다.

"내가 드디어 스승을 찾은 것 같다. 더 이상 내가 그림을 그린다는 것이 부끄럽다."

베로키오를 충격에 빠뜨린 이 꼬마 화가는 훌륭한 엔지니어이기도 했다. 다빈치는 임종 직전 제자 프란체스코 멜치에게 수천 페이지에 달하는 노트를 맡긴다. 시간이 흘러 연구자들이 이 노트를 정리했는데 내용상 두 가지 카테고리로 나눌 수밖에 없었다고 한다. 분류 항목은 '예술적인 것'과 '기술적인 것'이었다. 대부분의 예술가는 감정과 이미지에만 몰두하기 마련이다. 그리고 기술자들은 효용성과 가치만을 생각하기 쉽다. 이 두 가지를 다 해내는 것은 어렵다. 16세기에는 더욱 그랬을 것이다. 하지만 다빈치는 이 두 가지를 다 해냈다. 그는 근대의 문을 열어젖힌 천재였다. 그는 세상을 다 경험하고 싶어했다.

"모든 경험은 하나의 아침이다. 그것을 통해 미지의 세계는 밝아 온다. 경험을 쌓아 올린 사람은 점쟁이보다 더 많은 것을 알고 있다."

그를 두고 사람들은 '최초의 르네상스인'이라고 말한다. 어울리는 헌사다.

사실상 우리 서양인들은
스스로를 지구와 생물을
지배하고 소유할 수 있는
존재라고 생각해왔다.
이 같은 오만은 참된
다윈 정신이 아니다.

스티븐 제이 굴드
1941~2002

진화는 진보가 아니라
다양해지는 것이다

다윈의 진화론을 적자생존 내지는 승자독식으로 오해하는 이들을 비판할 때 이런 사례를 들곤 한다.

18세기 중반 사진술이 발명되고 일반화되기 시작했을 때 대부분 화가들은 "우리는 이제 망했다"고 한탄했다. 그러나 세월이 흐른 지금, 사진은 사진대로 그림은 그림대로 풍부하게 살아남았다.

비슷한 사례가 있다. 20세기 중반 가정용 텔레비전이 보급되기 시작했을 때 가장 긴장한 사람들은 미국의 영화산업 종사자들이었다. 안방에서 즐길 수 있으면 굳이 영화관까지 찾아오겠냐는 우려였다. 하지만 이 역시 기우였다. TV 수상기가 집집마다 자리를 잡았지만 영화는 영화대로 비약적 산업으로 발전했다.

사람들이 가지고 있는 진화론에 대한 오해를 가장 멋진 스토리텔링으로 정리한 사람은 스티븐 제이 굴드다. 세계적 진화생물학자이자 과학저술가인 굴드는 평생을 바쳐 '진화=진보'라는 잘못된 등식과 싸웠다. 그는 "다윈이 말한 진화evolution는 진보 progress가 아니라 다양성의 증가"라고 못 박았다. 진화론에 대한 오해는 허버트 스펜서의 '적자생존'이라는 용어가 퍼지면서 시작됐다. 이 말 때문에 사람들은 진화를 '1등만 살아남기' 정도로 오해하기 시작한 것이다. 문제는 이 개념이 부정적인 사회적 파장을 생산해냈다는 데 있다. 적자생존 이론은 호모 사피엔스를 진화의 정점에 있는 1등 생명체로 만들었고, 더 나아가 같은 사피엔스 내에서도 '백인 우월'이라는 해괴한 논리를 만들어냈다.

여기서 한 가지 기억해야 할 것이 있다. 다윈도 진화론을 쓰면서 고등higher이나 하등lower 같은 단어는 쓰지 않겠다고 다짐했다는 사실이다. 그 역시 진화론이 가져올 잘못된 파장을 경계했다.

굴드는 자신의 책 《풀 하우스》에서 이렇게 말한다.

"호모 사피엔스는 스스로를 몹시 사랑하지만, 그들은 생명체 전체를 대표하는 생물도, 가장 상징적인 생물도 아니다. 또한 특수하거나 전형적인 생명체의 본보기도 아니다."

1941년 뉴욕에서 태어난 굴드는 안티오크대학 지질학과를 졸업하고, 컬럼비아대학에서 고생물학 박사 학위를 받은 이후 2001년 작고할 때까지 하버드대학 교수로 재직했다. 그는 1970년대 중반 과학자들의 전국 조직인 '민중을 위한 과학'에 참여하면서 강단과학과 전쟁을 시작한다.

"사실상 우리 서양인들은 스스로를 지구와 생물을 지배하고 소유할 수 있는 존재라고 생각해 왔다. 이같이 오만하고 부정한 사상은 참된 다윈 정신이 아니다."

굴드의 이론 중 야구에서 4할대 타자가 사라진 이유를 진화론으로 설명한 부분은 유명하다. 투수의 능력이 늘어나고 타자의 실력이 줄어든 것이 아니라 야구 자체가 과학적으로 발전하고 풍부해지면서 특이 사례가 줄었을 뿐이라는 것이다.

"더블플레이는 시계처럼 정확하게 실행되고 모든 투구와 타격이 기록되며 각 선수의 약점과 강점도 파악된다. 야구는 우아하고 정확한 게임으로 진화했고 이 때문에 극단적 성적(타율)은 사라졌다."

굴드의 말이 맞다. 진화는 우월해지려는 노력이 아니라 정해진 환경 속에서 더 풍부해지고 다양해지려는 생명체들의 시도다.

우리가 여성을 마녀로 몰지 않는 것은
정부가 금지하기 때문이 아니라 과학적
사고에 기반을 둔 이성적 세계관이
그와 같은 무지몽매함을 인간의 의식과
양심 밖으로 밀어냈기 때문이다.

마이클 셔머(1954~)

과학적 사고가 인류를
도덕적으로 만들었다

유토피아Utopia라는 말의 어원은 그리스어로 '없는ou 장소topos'라는 의미다. 즉 유토피아는 존재하지 않는 곳이라는 뜻을 담고 있다. 그렇다. 유토피아는 현실적으로 존재하지 않는다. 하지만 사람들의 기대 속에는 유토피아가 존재한다. 그래서일까. 대다수 사람은 최악의 상황이 아닌데도 스스로를 불행하다고 느낀다. 그러면서 현재를 '지옥'이라고 명명한다. 과연 세상은 지옥으로만 가고 있을까?

통계를 보자. 폭력과 질병으로 인한 사망자 수는 인류 역사가 이행되는 동안 어김없이 큰 폭으로 줄고 있다. 이제는 여성이 마녀로 몰려 화형을 당하는 일도 없고, 사람이 사람을 사슬로 묶어 노예로 부리는 일도 사라졌다. 동물을 학대하는 일이 크게 줄었고, 장애인에 대한 사회적 시스템도 좋아지고 있다. 그래도 우리는 현실이 불행하다. 태초에 유토피아라는 말이 있었기 때문이라면 그 말을 잊고 다른 말을 만들면 어떨까. 미래

학자 케빈 켈리가 나섰다. 그는 '프로토피아Protopia'라는 근사한 말을 만들어낸다. 프로토피아주의자들은 완전무결한 유토피아를 포기하는 대신 멈추지 않고 꾸준히 나아지는 미래를 믿는다.

물론 아직도 세상엔 악惡과 부조리가 넘쳐난다. 더 나아져야 한다는 건 당연한 얘기다. 그렇다고 해서 여전히 존재하지도 않는 유토피아를 궁극으로 모시는 건 합리적이지 않다. 세계적인 교양과학 잡지 〈스캡틱〉 발행인이자 과학자인 마이클 셔머는 《도덕의 궤적》이라는 책에서 강변한다.

"유토피아는 상상 속을 제외하고는 없는 장소다. 인간 본성에 관한 이상주의적 이론에 뿌리를 두고 있기 때문이다. 그러한 이론은 개인의 영역과 사회의 영역이 완벽할 수 있다는 매우 잘못된 전제를 깔고 있다. 우리는 도달할 수 없는 장소를 목표로 하는 대신 등산처럼 서서히 단계적으로 나아지는 과정을 추구해야 한다."

셔머가 단정적으로 말하는 밑바탕에는 과학적 사고라는 무기가 있다. 사실 인간을 선으로 안내한다는 종교는 오히려 인류의 모순을 해결하는 데 큰 역할을 하지 못한다. 종교가 융성한 시대에 오히려 폭력이 난무했다. 지금도 마찬가지다. 종교인이 많은 나라라고 해서 꼭 선하지는 않다. 오히려 종교지수가 낮은 나라가 선진국인 경우가 더 많다. 반면 과학은 우리를 선으로 인도했다. 과학은 의심하고 실험하고 논증하는 과정을 통해 근대사회를 창조했다. 과학은 인종차별주의자의 주장이 비과학임을 밝혀냈고 홍수는 신의 분노가 아니며 전염병이 도는 것도 마녀 때문이 아니라는 사실을 확인시켜 주었다.

"우리가 여성들을 마녀로 낙인 찍어 불태우는 행위를 삼가는 이유는 정부가 그것을 금지하기 때문이 아니라, 우리가 마녀의 존재를 믿지 않기 때문이다. 그러한 어이없는 도덕적 쟁점은 과학과 이성에 기반을 둔 세계관에 의해 우리의 의식과 양심 밖으로 밀려났다."

셔머는 책에서 과학적 사고가 어떻게 우리의 도덕적 궤적을 고양했는지 설득력 있게 분석한다. 학부에서 심리학을 전공하고 과학사로 박사 학위를 받은 셔머는 과학계의 전사다. 스티븐 제이 굴드는 그를 두고 "이성의 힘으로 인간의 품위를 지켜내는 행동가"라고 평했다.

인간이 욕망을 가지고 있는 이상 세상을 지옥처럼 느낄 수도 있다. 그러나 그 지옥은 지금까지 인류 전체를 상대로 단 한 번도 승리를 거둔 적이 없었다. 지옥은 늘 패배했다.

진리가 사상 체계에
있어서 최고의 덕德이듯
제도에 관한 최고의 덕은
공정公正이다. 불공정한
제도는 효율적이어도
폐기되어야 한다

존 롤스
1921~2002

기회의 중립화 외친
하버드의 성자

룰은 복잡해지는 순간 계급을 만들어낸다. 일단 룰을 이해할 수 있는 교육 수준과 두뇌 능력을 가진 사람과 그렇지 못한 사람으로 나뉘게 된다. 또 룰이 난해하면 이것을 이해하고 활용하는 역할을 대행하면서 먹고사는 사람이 생겨난다. 결국 이런 서비스를 제공받을 수 있는 재력을 갖춘 사람과 그렇지 못한 사람의 격차가 또 벌어지게 된다.

공평한 게임을 위해 만든 룰이 오히려 계급이 되는 것이다. 대표적인 게 한국의 대학 입시다. 복잡하고 경우의 수가 많은 한국 대학 입시는 거의 퍼즐 수준이다. 농촌에서 평생 농사 지으면서 조손가정을 꾸려 나가는 초등 학력의 할머니에게 이 퍼즐을 들이대는 건 공적인 폭력이다.

이 순간 떠오르는 개념이 하나 있다. '하버드의 성자'라 불린 존 롤스의 《정의론》에 나오는 '최소 수혜자' 개념이다. 쉽게 말해 자유를 우선시하되 사회·경제적으로 불평등이 존재할 경우에는 가장 어려운 사람들에게 기회를 줄 수 있는 방법을 찾아야 한다는 개념이다. 물론 이 개념은 아전인수 식으로 자주 이용당한다. "세입자는 무조건 지원해줘야 한다" 식의 우격다짐으로 변질되는 것을 예로 들 수 있다.

개념을 이해하기 위해 롤스의 젊은 시절로 시간을 돌려보자. 27세에 하버드대학 최연소 교수가 된 롤스는 학계와 대중에게 그 유명한 질문을 던진다.

"정의란 도대체 무엇인가?"

롤스는 이 질문에 스스로 "정의는 곧 공정함이다"라는 답을 내린다. 공정한 과정의 결과물이 곧 정의라는 이야기다. 롤스는 《정의론》에서 말했다.

"진리가 사상 체계에 있어서 최고의 덕德이듯이 사회 제도에 관한 최고의 덕은 공정公正이다. 불공정한 법과 제도는 그것이 아무리 효율적이고 잘 정리되었다 할지라도 개정되거나 폐기돼야 한다"

그리고 공정함을 구현하기 위해서는 '운의 중립화'가 선행돼야 한다고 강조했다. 즉 어디에서 태어났든, 남자든 여자든, 부자든 가난하든 동일한 기회를 가질 수 있게 하는 것이 정의의 기본이라는 이야기다. 기회(운)를 중립화하는 것이 정의의 시작이다.

롤스를 비판하는 사람들 중에는 그가 기계적인 분배에 방점을 찍기 때문에 역차별이 일어난다고 비판한다. 하지만 이것은 과녁을 벗어난 주장이다. 롤스가 말한 것은 기회의 평등이지, 노력이나 창조적 재능의 개인차를 무시하자는 것이 아니기 때문이다. 취약 계층에게 무언가를 주어서 결과적 평등을 구현하자는 것이 아니라 그들에게 최소한 동일 선상에서 시작할 수 있는 기회를 줘야 한다는 주장이다.

다시 한국의 대학 입시 제도 이야기를 해보자. 손자를 키우는 할머니를 위해 비용을 들여 손자의 대학 입시 과정을 대행해줄 사람을 붙여주는 게 정의일까? 아니다. 롤스가 말한 정의는 대학 입시 룰을 단순화하는 것, 즉 제도 자체를 고치는 것을 의미한다. 불평등한 제도 때문에 생긴 결과를 해결하기 위해 분배로 균형을 맞추자는 것이 아니다. 근본적인 절차와 규칙을 공정하게 바꾸고 나머지는 자유의 영역에 맡기자는 말이다.

롤스의 혜안은 여전히 유효하다. 그리고 그것을 현실에서 실현해야 할 이유도 분명하다. 세상 누구라 한들 어느 순간 차별받는 당사자가 될 수 있기 때문이다.

시대를 이끈 한 구절의 지성

그리고 한 문장이 남았다

초판 1쇄 2019년 3월 30일

지은이   허연
펴낸이   전호림
책임편집 여인영
마케팅   박종욱 김선미 김혜원

펴낸곳 매경출판㈜
등록 2003년 4월 24일(No. 2 - 3759)
주소 (04557) 서울시 중구 충무로 2(필동1가) 매일경제 별관 2층 매경출판㈜
홈페이지 www.mkbook.co.kr
전화 02)2000 - 2634(기획편집) 02)2000 - 2645(마케팅) 02)2000 - 2606(구입 문의)
팩스 02)2000 - 2609 **이메일** publish@mk.co.kr
인쇄 · 제본 ㈜M - print 031)8071 - 0961
ISBN 979-11-5542-679-1(03810)

이 도서의 국립중앙도서관 출판예정도서목록(CIP)은 서지정보유통지원시스템 홈페이지(http://seoji.nl.go.kr)와
국가자료공동목록시스템(http://www.nl.go.kr/kolisnet)에서 이용하실 수 있습니다.
(CIP제어번호:CIP2019009297)